江苏水文化丛书

水与诗词

WATER AND POETRY

水文化丛书编委会 编

河海大学出版社
HOHAI UNIVERSITY PRESS

图书在版编目（CIP）数据

水与诗词 / 水文化丛书编委会编 . -- 南京 : 河海大学出版社 , 2018.7（2019.12 重印）

ISBN 978-7-5630-5093-2

Ⅰ . ①水… Ⅱ . ①水… Ⅲ . ①古典诗歌—诗歌欣赏—中国 Ⅳ . ① I207.22

中国版本图书馆 CIP 数据核字（2017）第 260115 号

书　　名 / 水与诗词

书　　号 / ISBN 978-7-5630-5093-2

策划编辑 / 朱婵玲

责任编辑 / 张　媛

装帧设计 / 杭永红

出版发行 / 河海大学出版社

网　　址 / http://www.hhup.com

地　　址 / 南京西康路 1 号（邮编：210098）

电　　话 /（025）83737852（总编室）

（025）83722833（营销部）

排　　版 / 南京布克文化发展有限公司

印　　刷 / 江苏河海印务有限公司

开　　本 / 787 毫米 ×1092 毫米　1/16

印　　张 / 10.25

字　　数 / 170 千字

版　　次 / 2018 年 7 月第 1 版

印　　次 / 2019 年 12 月第 2 次印刷

定　　价 / 66.00 元

《江苏水文化丛书》编委会

《江苏水文化丛书》总序

水是江苏最鲜明的符号。江苏境内河网纵横、湖泊众多，既有长江、淮河横贯东西，全国五大淡水湖占有其二（太湖、洪泽湖），又有人工开凿的京杭大运河沟通南北，还有近千公里的海岸线。水孕育了江苏文明，描摹出了这方水土的物阜民丰、文脉悠长，因此江苏的地域文化首先就是水文化。江苏先民在推动社会发展的历史进程中，在用水、治水、管水活动中创造了灿烂的文明，积淀了丰富的优秀水文化。从大禹治理太湖的“三江既入，震泽底定”，到吴王夫差开挖邗沟“沟通江淮”；从中国南北交通大动脉大运河的开通，到明清为保漕粮北运而不断治理的清口、洪泽湖；从民国的“导淮”，再到中华人民共和国成立后兴起的数次治水高潮……江苏悠久的历史里，交织着治水人物、治水理念、治水制度的变化与变迁，这些物质和精神的凝结，形成了江苏独特的水文化遗产。

文化兴国运兴，文化强民族强。党的十九大报告中提出坚定文化自信，推动社会主义文化繁荣兴盛的伟大号召。以水利文化为主干的水文化是中国特色社会主义文化繁荣发展中的重要组成部分。国务院召开的冬春农田水利基本建设电视电话会议上，明确指出“要加强水文化建设”；江苏省政府出台的《江苏生态河湖行动计划（2017—2020年）》，将水文化建设列为重点任务。基于此，江苏省水利厅组织编写了《江苏水文化丛书》。

江苏优秀传统水文化遗产中，有丰富的工程类水文化遗产，如运河、陂塘、堤坝圩堰、水关涵闸、水文站等，又有桥梁、码头、渡口、井泉等与水有关的生活设施类遗产，以及水利管理建筑、祭祀纪念类建筑、水文化碑刻等。有历代修筑增高以控制水位的“水上长城”——洪泽湖大堤；有大运河沿线工程设施最多、投入最大，兼具蓄清、刷黄、济运、保航多种功用的综合性水利枢纽——清口水利枢纽；还有北起阜宁、南到启东，防止海水倒灌的范公堤，以及运河、黄河沿线的御笔碑刻、镇水铁犀等，这些都记录了历代治水的艰辛与不易，也为后世水利史研究提供了宝贵的资料。水工遗址背后，是铭刻在时间洪流里的一位位治水名贤和他们的治水思想：有提出“束水攻沙”的“千古治黄第一人”潘季驯；有系统筹划治理黄、淮、运并陆续实施的清代河道总督靳辅；有“修围、浚河、置闸”的范仲淹等，他们或亲自规划实施了河湖工程，或提出了水利科学管理的机制办法，其充满智慧的治水理念，至今仍有可借鉴之处。此外还有大量与水有关的诗词、音乐、书画、建筑等。

《江苏水文化丛书》第一辑包括《水利瑰宝》《水利名贤》《水与诗词》三本。全书全彩印刷，图文并茂，用通俗易懂的语言，在全省部分水文化遗产（典籍）整理的基础上进行了解读阐释，讲述江苏水故事，传承优秀传统水文化，既可作为行业内人士了解古代优秀治水理念与科技的参考，亦可作为全民普及水知识的读本，对展示江苏治水历程，弘扬水文化有着积极意义。

山中江上总关情。亲水护水，必先知水爱水，唤起人们对江河水脉的乡愁记忆。作为全省范围内首套水文化解读专著，丛书的出版是我省水文化事业的一次良好探索与尝试。希望该书的面世，能够带动江苏水文化发展，在此基础上，将水文化建设融入水利工作的各个方面，开展形式多样、内容丰富的水文化活动，让江苏悠久的水历史与灿烂的水文化深入人心，努力实现河通水畅、江淮安澜，水清岸绿、生物多样，人水和谐、景美文昌的建设目标。

是为序。

绪　言

水，是人类赖以生存的资源，也是人类文明的起源。

在漫长的时空中，它以千变万化的形态存在于天地间，如同宇宙间的精灵，透着人性的肆意悲欢，更透着神性的幽秘启迪。它愤怒时宣泄成灾，滋润时飘洒成露；它与山相伴时妩媚多情，与林相偎时隽永清秀……它是大地保持勃勃生机的不竭动力，是映照万物和人间世相的澄澈明镜。我们保护它，便是保护人类和地球的生命；我们践踏它，便是践踏自身的文明与命运。从古到今，水以河渠之形滋补灌溉万物，又以江海之泛滥惩罚万物。为了避免这种惩罚，人类如精卫填海般地堙堵、疏浚、建坝、造桥、筑圩……并在此过程中开始认识水、探知水，以期能够科学地控制水和保护水，达到与它和谐相处和融共生之美好愿望。中华民族几千年的文明史，就这样在与水与地球万物的相互磋磨、融合中渐渐形成。

为了使江苏水利系统的干部职工进一步了解水历史、感受水文化，增强爱水、惜水、护水意识，我们编写了一个适用、有效而有趣的水文化读本——江苏古代的“水与诗词”。这本书的稿源由全省十三个市水利局提供，内容主要由唐、宋、元、明、清等五个朝代的涉水诗词组成，各个朝代有关的水文水情情况在诗词中均有不同程度的涉及。同时，在整理、遴选诗词过程中发现，唐代的诗歌主要以吟咏自然地理景物为主，北宋以吟咏水事活动及水景观为主，南宋则多以水为背景抒发爱国情怀，及至元、明、清基本是以描写水灾实景为主，具有江苏各地关于水的文化性和新颖性之特点。

另外需要说明的是，本书目录是按诗人的出生年月先后排序，正文以赏析解读为主，选取了散文的风格，并附有必要的文字注释。为了使读者在轻松愉悦中阅读和学习水文化知识，赏析内容注重从水文化角度切入，用第一人称或第三人称的口吻进行了解读。赏析参考资料除特别标注的引用史料典籍外，另有少数诗篇的摘录和解读来自实地考证，其余均来自网络。赏析仅为编者一己之见，并非权威解读，读者若有质疑，也可在此基础上保留自己见解。

本书在编写过程中，不仅得到了江苏省淮沭新河管理处肖怀前、江苏省洪泽湖水利工程管理处吴晓兵等同志的关注支持，更得到了江苏省淮阴师范学院文学院教授胡健，江苏省作协会员赵长顺、陈秀荣的帮助，在此一并表示感谢。希望本书能为大家带来阅读的喜悦、收获，丰富大家的精神生活，并真诚地欢迎来自各界专家、学者及各位水利工作者的批评指正。

编　者

2018 年 4 月 15 日

目　录

一、唐

二、宋

三、元

四、明

五、清

后记

一、唐

次北固山下

唐｜王湾

客路青山外，行舟绿水前。
潮平两岸阔，风正一帆悬。
海日生残夜，江春入旧年。
乡书何处达？归雁洛阳边。

又是一年的冬末春初，我在沿江入吴途中，再次被映入眼帘的青山绿水、潮平岸阔的壮美景象所震撼。

每次我乘船由楚入吴，往来路过扬州、镇江一带时，常会看到广陵潮（唐中期前，长江入海口在扬州、镇江附近，海潮可上溯至此，即形成历史上的“广陵潮”。后由于长江泥沙冲击等原因，长江入海口不断向东推移延伸）波涛汹涌、气势磅礴的壮观景象。但今天，我看到江海交汇处的潮水却异常平静安稳，使人感到水上的路途无比轻松畅快。

一路沿江乘船行来，只见青山仿佛全都遗世独立般地置于人世之外，我乘坐的轻舟，在散发着清新气息的江面上顺势而下。这个初春凌晨，春潮涌涨，江水浩渺，放眼望去，长江两岸显得异常开阔辽远。

镇江北固山

帆借和风，使得我们的轻舟行驶在江面上十分轻松顺畅。此时，在那一片开阔平坦之后，残夜已从江面上渐渐退却，一轮红日在晨曦的簇拥托举下，正从远方的大海上冉冉升起，这旧的一年还未完全逝去，江上却已处处呈现出春天的盎然生机了。而在那彤彤红日映照的前方，正飞掠过一行北归的大雁。我那想要捎回家的家信啊，不知道该怎样送达亲人手中？那就拜托飞过洛阳的大雁，替我转达问候吧！

登金陵凤凰台

唐 | 李白

凤凰台上凤凰游，凤去台空江自流。
吴宫花草埋幽径，晋代衣冠成古丘。
三山半落青天外，二水中分白鹭洲。
总为浮云能蔽日，长安不见使人愁。

李白看似一位超凡脱俗的大诗人，其实在他六十一年的生命历程中，从未停止过对国家和政治前途的关注。

年少就博览群书的他，满怀报效祖国、安邦定国的理想抱负，想在政治上寻找出路。但只偏爱美人难爱良臣的玄宗皇帝，从未给过他机会。即便在他四十一岁那年因玉真公主的推荐，被封了翰林，皇上也只是让他起草点公文什么的。加上他耿直疏豪的秉性，极易引起同僚嫉恨，得罪权贵小人，所以很快被迫辞官离京。此后的十多年间，他一直在黄河、长江中下游地区漫游。古都金陵的凤凰台，似乎是他诗意生涯中注定的必经之所。

那天他慕名而去，但见到的却只是大江横流，凤去台空的寂寞之所。凤凰台附近曾经由东吴大帝孙权建造的宏伟宫城，此刻只剩了被

长江南京段

花草覆没的幽僻小径，那些晋朝的名门贵族也只剩了一堆黄土，在昭示着煊赫繁华后的凄黯苍凉。远眺三山，似乎被天际线分成了两半，隐隐地一半在视线之内，另一半飘落在青天之外；江水则被白鹭洲切割成两股，滚滚东逝而去。这江天之上飘忽不定的浮云啊，不时会遮住太阳，使人看不清方向。那长安城里，皇上身边的小人就和这些浮云一样，让人不得不忧心发愁。可这黑暗的，使人看不见希望的现实又有谁能改变呢?

那天他在凤去台空的江边徘徊良久，眼中除了青天山影，只有凤凰台的荒凉沉寂一路蔓延……携裹着他。他知道，自己报国无门、壮志难酬的“愁”终究是青天江水所无法排遣的。所以他走的时候，心情有些寥落，有些悲怆。寥落来自自身，悲怆来自对国家和现实的忧患。

丁都护歌[1]

唐 | 李白

云阳[2]上征去，两岸饶商贾[3]。
吴牛喘月时，拖船一何苦。
水浊不可饮，壶浆半成土。
一唱都护歌，心摧泪如雨。
万人系磐石，无由达江浒。
君看石芒砀，掩泪悲千古。

那是一个连吴地水牛都嫌热的季节，我沿镇江丹阳段运河去往南方。一路行来，但见许多舟船北上，运河两岸商贾云集，热闹非凡。

虽是酷热难耐的季节，但我看到运河边的船工们仍然在向北拉着纤，拖着船，运送着一船船的大石头。那些衣衫褴褛的船工们，一个个弯腰弓背地拉着纤绳，顶着毒辣的大太阳，面朝黄土背朝天地一步步艰难地行进着……他们拉着纤，似乎在一步一叩首地沿岸前行，即使渴得嗓子要冒烟，也只能临河取水喝。那些靠近河岸的水啊，浑浊得像泥浆，根本没法喝。可是如果不喝这样的水，遇到那些荒无人烟

拉纤图

的地方根本就没水喝了。船工们无奈而艰辛的劳作之苦，有谁能体会感受呢！

所以啊，每当那哀切的拉船号子一响起，纤夫们的心里就像飘起了凄凉的苦雨。眼前的这些大石头，即便用近万船工来拖拉，可能也难以抵达江边。这样的沉痛悲苦，似乎能力透纸背，穿越千古，连我这个赶路人看了都忍不住要潸然泪下了。

注

①丁都护歌：原是南朝乐府旧题，属《清商曲·吴声歌》曲名，又作“丁督护歌”，《宋书·乐志》记载了此曲名的来源。李白此诗是借用乐府旧题，取其哀切之声调，与原题意无关。

②云阳：指今天的江苏丹阳。

③贾（gǔ）：做买卖的人，古时特指设店售货的坐商。

送从弟惟祥宰[1]海陵

唐丨王维

旧有令闻，克奉成宪。往践乃职，无恫于人。狱货非宝[2]，农食滋硕。浮于淮泗，浩然天波。海潮喷于乾坤，江城入于泱漭。彼有美锦，尔尝操刀，学古入官，倚法为吏。上官奏课，国将大选，尔劳勉哉，行乎！唱予和汝。

大江秋易感

滨江临海、淮泗横流的海陵（今江苏泰州），自古兼融了吴楚越之韵，汇聚了江淮海之风，素有“水陆要津，咽喉据郡”之称，这片祥瑞之地是许多人向往的地方。现在我的堂弟惟祥，就要去那赴任做官了，临别时我写了这篇赠别序，得好好叮嘱他一番。

海陵这个地方本来就有比较好的声誉、传统，现在听说你已接到任职文书，就要去上任了。惟祥你现在去，希望你在今后的工作中，不能只看重刑罚和赋税，更要注重发展农业生产，民众生活才能得到改善。以后你只要公正无私、无所畏惧地履行你的职责就可以了。这个美丽富饶的水乡泽国，老百姓大多丰衣足食，民风淳朴。看那海潮喷涌天地，江城浮于广阔无边的水岸，实在是气象万千啊。你现在去那里上任做官，一定要学习古人按章循法，依法办事。无论做人做官，都要廉洁修身，清正如水。并且还要经常向上级官员奏报赋税的征收情况。国家就要选拔官员了，你可一定要努力呀！今以此文唱和，祝贺你。

注

①宰：古代官吏的通称。

②狱货非宝：指法官断狱受贿赂，也难逃法网。

涟上题樊氏水亭（节选）

唐 | 高适

涟上非所趣，偶为世务牵。
经时驻归棹，日夕对平川。
莫论行子愁，且得主人贤。
亭上酒初熟，厨中鱼每鲜。
自说宦游来，因之居住偏。
煮盐沧海曲，种稻长淮边。
四时常晏如，百口无饥年。
菱芋藩篱下，渔樵耳目前。
异县少朋从，我行复迍邅[1]。

那天，因公出差的高适偶然路过涟水。在他的想象中，涟水本不是什么好玩有趣的地方，但既然一定要在此歇脚，那就借机领略下江淮平原一马平川的盛大辽阔吧。

一路行来，每每想到仕途的坎坷（高适年近五十才入仕），他的心里便感到愁烦。但今天一到涟水，就受到了樊氏水亭主人的热情款待，竟有些乐而忘忧，也不去想什么烦愁之事了。茶足酒熟，厨房的河鲜鱼虾端上了饭桌。席间得知，主人原来也是跻身政界的官员，后来厌倦了仕途，才在此定居下来。他向诗人介绍说，涟水的老百姓常年靠海煮盐，依淮种稻，一年四季，自给自足；在房前屋后的水塘篱笆上，随便长点菱角、芋头和豆角之类的菜蔬便可以度日，村前村后随处可见渔人和樵夫的身影，全村一百多口人，从不知道什么是饥饿灾荒之年。听了主人对涟水的一番介绍，本来在涟水这个外乡没什么朋友的诗人，此刻竟有点乐不思蜀了。他不知道今此一别，何时还能再来这桃花源般的地方。

唐时的涟水，紧临海边，盐业兴旺，是沿海的四大盐场之一，沿淮一带农副产品丰饶富足。不幸的是，高适笔下的这处“桃花源”，及至南宋黄河夺淮后，被破坏得消失殆尽。特别是明朝中叶以后，水患肆虐，隶属沂沭泗水系的涟水及整个淮阴地区变成了著名的“洪水走廊”。中华人民共和国成立后，随着江苏水利的不断发展、壮大，苏北大地上才呈现出一片泵闸林立、水网纵横、帆影唱晚的水乡美景，活脱脱一处现实版的桃花源了！

注

①迍邅（zhūn zhān）：难行貌。

（资料参考《涟水县水利志》）

枫桥夜泊

唐 | 张继

月落乌啼霜满天，江枫渔火对愁眠。
姑苏城外寒山寺，夜半钟声到客船。

那应该是唐天宝年间的秋天吧，诗人张继和众多为避战乱（安史之乱）的士子、百姓们一样，流落到了政局相对稳定的江浙一带。

乘船一路行来，他为江南山水的妩媚深秀所陶醉，同时也为玄宗皇帝的仓皇入蜀而担忧。山河凌乱破碎，不知道朝廷何时才能重整旗鼓，平定叛乱。夜深露重的时候，船家向他通报了地名，然后将船停在了苏州城西的枫桥码头。当他走出船舱的时候，感到了寒气侵骨。月下满地冷白的霜花，似乎铺展蔓延到了天际。偶尔听到一两声乌鸦的啼鸣，让人倍觉凄黯、寥落。他站在船头，看了看岸边隐约摇曳的枫树和江面上的星星渔火，忧国思乡的愁绪愈加浓烈。

早早升起的一轮满月已在渐渐沉落，江面上月白霜冷，不宜久留。那么暂且回船舱吃点随身携带的干粮，将就一顿吧。然而就在他心绪压抑回到船舱，打算和衣而眠的时候，岸上寒山寺的钟声一下一下敲响了。那钟声悠扬深远，一声声不断传向停歇下来的商旅客船上，也传到了他的耳中，无端增添了旅人们难以言说的相思乡愁。那如怨如

枫桥夜泊

诉的钟声，似旅人心中的思乡曲，亦似大唐身处乱世子民们盼归家园的祈祷声。彼时怅惘寂寥、忧思满腹的诗人兼大唐进士张继，再也无法入眠，拿出随身携带的毛笔纸砚，沉吟片刻，写下了一首诗……不久后，那晚姑苏城外寒山寺的钟声，和着诗人张继的失眠，演绎成了一首千古绝唱《枫桥夜泊》，流传至今。

普通商旅对那一晚姑苏城外寒山寺的钟声，纵有诸般感受可能亦无力说出。但那一晚，寒山寺外的漫天霜华中多了一位丰姿清迥的张继，姑苏古城的一桥一水、一城一寺便平添了千种风情，万般神秘。

白云泉

唐 | 白居易

天平山上白云泉，云自无心水自闲。
何必奔冲山下去，更添波浪向人间！

公元 825 年，五十三岁的白居易被任命为苏州刺史。

自幼聪颖苦读，满腹才华的诗人，而立之年便已步入仕途。经历了宦海沉浮，看多了官场争斗，面对每天繁忙冗杂的政务，他渐生了退隐之心。而苏州的一方山水无疑是他消烦解愁的理想佳地。

那一天，应该是他休假的日子。他来到苏州城西的天平山下，准备好好游览一番这一以红枫、奇石、清泉著称的江南胜境。他仰头望了望这座山势峻峭奇险的小山，然后沿山路拾阶而上。或许是到知天命的年龄了吧，他爬了一段山路后，感到有些疲累，便靠着一块大石头歇息下来。然后转身远望了一会，但见满山的苍翠繁茂，满耳的鸟鸣啼幽，城市的喧嚣声和公务的冗杂忧烦，慢慢退却了大半。继续向上，大概是到半山腰了，他感到有些沉寂和孤闷，即便是刚才的鸟鸣好像也变得稀疏了。他正思虑着是否还要继续向上攀登时，忽然从身旁的树丛荆棘间，传来了犹如琴奏的淙淙流水声。

他的孤寂情绪顿时消散，他转身走向旁边的树丛。顺着水声的方

红枫清泉

向，他用手拨拉开杂草枯枝，只见一股清冽甘泉正从石罅中潺潺流出，顺着刀削般的岩壁急匆匆流向山下。那是一泓清白如练的泉水，水底是块块光滑洁净的大石头，水面则倒映着蓝白相间的云朵，不断飘逸变化着。他目不转睛地欣赏着，仿佛自己已与这股山泉融为一体。直到看累了，他才意识到，自己不过是被凡间俗务驱逼上山的路人而已。于是他对着那湍急的泉水摇摇头，叹息着说："泉水啊泉水，这山上有如此纯净悠闲的白云陪伴着你，你又何必急匆匆地奔流去人间，给纷扰不休的尘世再添波澜呢！我要是你，就一定自由惬意地待在这山间，与白云竹树相伴，听风吟鸟鸣，不去那复杂变幻的人世徒增烦恼。"说完，他恋恋不舍地转身下了山。

在山脚下，他与山民们商议好，要在山腰以石筑坝，拦住那股流泉，并取名"白云泉"。希望人们在欣赏这股清泉的同时，更能有所省悟。

石头城

唐 | 刘禹锡

山围故国周遭在，潮打空城寂寞回。

淮水东边旧时月，夜深还过女墙来。

南京石头城

《石头城》是唐代著名诗人刘禹锡的组诗《金陵五题》中的第一首。在创作这组诗之前，诗人并未畅游过金陵，这组诗是他在看到别人描写的金陵后，有感而发的沉思之作。整组诗以描写大自然的永恒和时殊世异的人事变化为主，抒发了诗人怀古叹今的感慨。

这座由东吴大帝孙权用黄土和石头夯筑起来的石头城，北缘长江，南抵秦淮河口，是当时建康（今南京）西部的军事防守要塞。此时那已经被废弃的东吴故都，就被包围在这石头城里。放眼四周，山城俱寂，屏息聆听，唯一可以听到的是石头城西北长江潮水拍打空城的声音。那此起彼伏的潮水声啊，多像难以平复的沧桑人世。它们不停地撞击着城墙，格外凄凉地撞击过来，又百般无奈地被击退回去，声音里漫溢充斥着轮回的寂寞。那临照过六朝豪华之都的“旧时月”，此刻早已升起在秦淮河上空，它仿佛是倔强的历史见证者，看过了六朝王公贵族们的纸醉金迷，以及转眼成空的富贵风流，又照在了当今。它亘古不变、不知疲倦地照耀着这金陵城的群山、古墙垛、江潮、秦淮河水，照耀着这寂寞荒凉的古都废城，即便夜深露重，也浑然不觉。

《石头城》写成后，刘禹锡的好友白居易赞赏良久，并断言后世诗人再也不会写出“潮打空城寂寞回”之类的诗句了。而对金陵青睐有加的刘禹锡，直到公元 826 年冬，才了却平生夙愿，游览了心中仰慕已久的金陵城。

宿淮阴作

唐 | 陈羽

秋灯点点淮阴市，楚客联樯宿淮水。

夜深风起鱼鳖腥，韩信祠前明月里。

唐代诗人陈羽，是无数夜宿淮阴段淮河边的过客之一。在某个秋天的晚上，他一路乘船过来感觉疲惫的时候，远远地看到了水上的点点灯火，以及从远方连绵排过来的商旅客船，然后对着船家喃喃说了句，“到淮阴了”。

淮阴（今淮安市）是历代漕运的重要枢纽，自隋唐开拓大运河始，淮阴城就位于淮河与运河交汇处，是南北交通要道。至明清两朝，更是“漕政通乎七省”的漕运总督驻节之地。每到夜晚，淮阴城内外常常是楼台笙歌、帆樯如林的喧嚣繁华之景。人水相映处，可以隐约听到歌女们婉转缠绵的吟唱。

与温庭筠《赠少年》“酒酣夜别淮阴市，月照高楼一曲歌”中醉意作别的浓烈姿态相比，作为过客的陈羽是寂寞的。他找好旅店，吃完晚饭，沿着淮河散步的时候，鼻孔里细嗅到的，是随深夜河风飘送过来鱼鳖的腥鲜气；当他置身于后来的运河四大名都之一的繁华都市

淮阴区码头镇

时，他没有被街市上的宴饮游乐或商旅们的狎妓唱酬所吸引，想到的却是淮阴城中的韩信祠。相随而来的思绪是“韩信祠前明月里”，如果是白天，他或许会乘船去凭吊一番这位用兵如神的汉代军事家。但此刻已是夜深风起，他只能让景仰的意念追随淮水悄然流向明月下的韩信祠。

相比于《赠少年》，陈羽对淮阴的感觉来得更直接，更真切，更深婉。透过诗歌，仿佛在千年后依旧能捕捉到彼时淮河的水香气息，听到夜宿淮河岸商旅们的悄然呓语及阵阵酒酣声……

寄扬州韩绰判官

唐 | 杜牧

青山隐隐水迢迢，秋尽江南草未凋。

二十四桥明月夜，玉人何处教吹箫。

二十三岁因一篇《阿房宫赋》而名噪天下的杜牧，随着祖父（中唐宰相杜佑）和父亲的相继离世，以及朝廷中的朋党之争和朝政的江河日下，仕途开始变得坎坷不平，性格变得落拓不羁。眼看着盛唐的气息日渐衰弱，无力回天的他，只能将满腹才华付于青楼酒肆。几乎有十年，他蹉跎在扬州做着小官。

唐代的扬州既是水路运输网络的中枢，又是外国遣唐使船、商船的转换起航之处。水运的发达使这里既成了东方国际大港，又成了许多文人雅士、官员商贾的第二故乡。在扬州期间的杜牧，足迹踏遍青楼，经常宿醉不归，乃至淮南节度使牛僧孺不放心，会经常派人暗中保护他。如果他一切正常，保护他的人就会发回一张平安帖。

后来杜牧调离扬州，临行前牛节度使规劝他，一定要善自珍重，切莫再风情不减，并且拿出士兵们发回的满满一小箱平安帖。杜牧见后，羞愧不已，写了那首著名的《遣怀》诗：“落魄江湖载酒行，楚腰纤细掌中轻。十年一觉扬州梦，赢得青楼薄幸名。”诗里有他的自

扬州五亭桥

嘲调侃，更有对扬州城和扬州女子的黯然眷恋。

多年以后，他在青山隐隐水迢迢的远方，给曾经和他一起在扬州混迹过风月场所的好友韩绰写信寄诗。诗中问“二十四桥明月夜，玉人何处教吹箫”，此刻你在桥月清辉水潺潺的扬州，教着哪个美女吹箫共度良宵呢，既充满了对好友的戏谑调侃，更充满了对扬州精致浪漫美景的留恋。

世界上最幸运的爱情，是在正确的时间遇见正确的人。扬州的幸运，是在鼎盛的时光里，遇见了一位才情横溢的东方诗人。

汴河怀古

唐 | 皮日休

尽道隋亡为此河，至今千里赖通波。

若无水殿龙舟事，共禹论功不较多。

汴河

汴河又称通济渠，是隋朝修建的为了沟通黄河与淮河的首期大运河工程。

晚唐诗人皮日休是一位富有历史忧患意识的诗人。这一天他路过汴河，看到汴河历经几百年的风雨，依旧在发挥着航运和漕运功能的时候，内心不由得萌生出对隋炀帝的感佩和惋惜之情。

面对眼前汴河滔滔不绝的水波，穿梭不停的商旅漕船，他联想到隋炀帝“春风举国裁宫锦，半作障泥半作帆”的奢靡传说，不禁在心底慨叹道：都说隋朝灭亡是因为这条河，但是直到现在它还一直流淌不息，南来北往的船只因此畅通无阻。如果隋炀帝不是因为修建龙舟巡游江都的事，而过于劳民伤财，奢靡无度，他的功绩应该是和大禹平分秋色的啊。

而历史最终也证明了，在隋朝建立起来的漕运系统和漕运制度，即便是后面的朝代也无法与之相比。

太湖诗（节选）

唐｜皮日休

闻有太湖名，十年未曾识。今朝得游泛，大笑称平昔。
一舍行胥塘，尽日到震泽。三万六千顷，千顷颇黎色。
连空淡无颣，照野平绝隙。好放青翰舟，堪弄白玉笛。
疏岑七十二，山双露矛戟。悠然啸傲去，天上摇画艗。

如果说皮日休对运河怀有的是历史忧患情结，那么他对太湖怀有的就是纯粹的赤子热爱之心了。太湖古称震泽，是我国五大淡水湖之一。皮日休对“湖不深而辽阔，山不高而清秀”的太湖向往已久。后来终于在一个偶然的机会，了却了平生夙愿。

他早就听说过太湖的名字，但差不多有十年了，都从没见过太湖的庐山真面目。今天终于有机会来畅游，见到了传说中的壮美之景，真是开心快慰啊。走了三十里就到了苏州的胥塘，走了一天才见到传说中的太湖。三万六千顷的太湖，湖水泱泱的呈黛青色。蔓延至天际的湖水，波平如镜，不见一丝皱褶，仿佛太阳照在辽阔的平原，没有

太湖

任何缝隙。这样平静的水面，最适宜放舟湖上，横笛高奏一曲，潇洒放纵人生。那湖边七十二座参差不齐的小山峰，连绵不断地露在湖岸上，如同士兵手中握着的长矛和剑戟。在这样的山水间放歌长啸，傲然自得，悠然行舟，就如同乘着天上仙境中的画舫在漫游啊！

送人游吴

唐 | 杜荀鹤

君到姑苏见，人家尽枕河。
古宫闲地少，水港小桥多。
夜市卖菱藕，春船载绮罗。
遥知未眠月，乡思在渔歌。

苏州水巷

那天，打算送我的一个朋友去苏州城游玩。临行前，他让我介绍下苏州城的情况，那么我就暂且先充当一下导游吧。

苏州城自古就是水网纵横的城市。你一进入苏州城的城门，就可以看见许多临河而建的水上人家。这苏州城，自古就少有空闲的陆地，即便是水巷里的河汉上也建了许多小桥。每到晚上的时候，这些小桥的下面就会穿梭着许多商贩的小船，他们热情欢快地穿梭在河上人家的门前窗下，形成一个热闹繁华的水上夜市。他们的船上满载着苏州人爱吃的菱角、桂花藕，还有精美的绫罗绸缎。当你走近，站在小桥上悄然聆听，便会听到他们操着吴侬软语讨价还价的声音。当一笔买卖做完之后，他们又会边吆喝，边将小船摇向另一家。那吆喝声，沾着桂花藕的气息，听起来甜糯软和，随着水流传出去很远，吸引着四周买主和看热闹的人。如果你是异乡人，你定会被这江南水乡的精致和轻漫所折服，亦会被它的清秀与灵动所融化。如果你是途经姑苏的旅人，当你在月下难眠的时候，听到水上传过来的渔歌声，也定会触动思乡之情。

二、宋

寒食宿陈公塘上

五代 · 宋 | 徐铉

垂杨界官道，茅屋倚高坡。
月下春塘水，风中牧竖歌[1]。
折花闲立久，对酒远情多。
今夜孤亭梦，悠扬奈尔何。

扬州长堤出春柳

那是五代宋初时期的一个寒食节，诗人徐铉路过广陵（今扬州）西边数十里的陈公塘时，天色已晚。

彼时春寒还未完全退去，他在渐渐笼罩下来的冷冽清寒中投宿于陈公塘边上的一家旅店。一路行来，他没有同伴，这异乡的水塘边也并无熟人亲眷，他在旅店房间放下行李后，信步走了出来。

一个人在杨柳依依的界首官道上闲逛着，只见朦胧的弦月下，农家的茅屋倚临着高坡而建，陈公塘春水粼粼，风中偶尔会飘送来远方的牧歌。他闲极无聊地折了一些野花，在官道上逗留了很久。想想自己等会回去喝酒，难免又要滋生很多思乡愁绪了。今夜一个人留宿在这孤亭边上，悠悠荡荡的，也是实属无奈的事呵。

扬州陈公塘，相传为东汉末年陈登所筑，后人“爱其功，敬其事”，又称为爱敬陂，古代有接济运河和灌溉之利。至清朝中期，塘已不存。

注

①牧竖歌：指乡野孩子唱的牧歌。

江上渔者

宋 | 范仲淹

江上往来人，但爱鲈鱼美。
君看一叶舟，出没风波里。

江上渔者

松江鲈鱼，自古以来远近闻名，凡往来于松江（吴淞江）的人们，没有人不喜欢这一特产的。范仲淹是苏州吴县人，自小生长在松江边上，对过往客人爱食松江鲈鱼这一情况，甚为了解。但他也是个“先天下之忧而忧”的人，对民生疾苦怀有天生的悲悯。

这天或许是他在江边的某处酒楼宴请宾客。觥筹交错的酒宴即将结束的时候，他想吹吹江风消散消散酒气，便推窗远眺江景。映入他眼帘的，除了江岸上熙攘来往的人群，就是远处在江风浪谷中上下颠簸、忽隐忽现的捕鱼小船。见此情景，他有所感触地对身边人说，这江岸上来来往往的人群啊，全都是冲着松江鲜美的鲈鱼来的。可是大家只知道品尝鲈鱼味道的鲜美，有谁能看到捕鱼人的危险和艰辛呢。你看他们在这松江的惊涛骇浪中出没穿梭，是多么危险啊！

水调歌头[1]·和苏子美

宋 | 尹洙

万顷太湖上，朝暮浸寒光。吴王去后，台榭千古锁悲凉。谁信蓬山仙子，天与经纶才器，等闲厌名缰。敛翼下霄汉，雅意在沧浪。

晚秋里，烟寂静，雨微凉。危亭好景，佳树修竹绕回塘。不用移舟酌酒，自有青山渌水，掩映似潇湘。莫问平生意，别有好思量。

北宋词人尹洙和苏子美为同道中人，两人都因受朝廷改革派范仲淹被贬的影响，政治前途无望。那天被贬赋闲在家的尹洙，收到好友苏子美从苏州的来信。信中除了对他的问候和关心，还附了一首词。其中有“丈夫志，当景盛，耻疏闲”之句，流露出自己不被朝廷所用的怨怼，以及壮志难酬的彷徨和烦忧情绪。尹洙看后，淡然一笑。随后磨墨润笔，给苏子美回信开解宽慰，信中写了这首词。

你看那烟波浩渺的万顷太湖上，早晚都笼罩着清寒之光。想当年，吴王夫差雄霸一方，开疆扩土，拥有着令天下人艳羡的显赫繁华，但

佳树修竹绕回塘

最终还不是只剩亭台楼榭锁悲凉了。这正是所谓的“人间富贵名利时，到头终归一场空”！如今你子美老弟就像那蓬莱山仙子，虽然才华横溢，满腹经纶，却已将世俗的功名利禄视作缰绳，抛诸脑后，这是何等的洒脱高洁！你退隐苏州沧浪亭，就如同鹏鸟飞下九天云霄，收敛了翅膀，将人生的高雅情趣全都付于沧浪亭，这又会令多少人羡慕啊！现在正是小雨微凉、烟水寂寂的晚秋季节。此刻，我想你一定是在那绿树环黛瓦，修竹绕回塘的亭台上欣赏美景吧。苏州本是水城，当你开怀畅饮、欣赏美景时，根本不用乘船去其他地方，你自己住的地方就水清竹美得如同潇湘仙境。所以，你我都不必再去追问、纠结这一生的理想、意义了，这其中的意思你我都懂。

注

①水调歌头：词牌名。

北山

宋 | 王安石

北山输绿涨横陂[1]，直堑回塘滟滟时。
细数落花因坐久，缓寻芳草得归迟。

北山

王安石晚年退出朝廷后，隐居在金陵钟山（即北山）的半山腰。他在位时，与苏轼曾是政敌。当他晚年变法失败后，苏轼途经金陵却要来看望、拜访他，使他深受感动。苏轼到达的时候，王安石整衣束冠远远地迎候出去。

此次相会，两人不仅一起同游北山，谈诗论佛，王安石还破例与苏轼谈起了时事，并邀请苏轼搬到金陵来居住，以便两人成为邻居。金陵相会，使苏轼更加了解了王安石的为人，后来他逢人就称赞王安石："不知几百年，方有如此人物。"

苏轼走后，已至暮年的王安石回想起自己与苏轼的恩怨情仇，而这"仇"终于能在他有生之年化解，心情愈觉释然、欣慰，他眼中北山上的风景也愈显丰腴灵动。春临北山的时候，他再次走近了山上的一片池塘，但见满山的浓绿倒映在池水中，是那样的充沛盈然，似乎钟山把自己隐藏的每一寸绿色都馈赠给了水塘；而水，则带着粼粼波光，或清冽柔美，或迂回弯曲，以种种秀姿，迎接着山的绿色。那天他在山间坐久了，闲来无事，便开始细数凋敝的落花，缓缓归去时，顺便看看那幽径芳草，沿着山路通向了何方。这一方活色生香的山水啊，真是让人眷恋难归。

注

①陂（bēi）：池塘。

泊船瓜洲

宋 | 王安石

京口瓜洲一水间，钟山只隔数重山。
春风又绿江南岸，明月何时照我还。

瓜洲古渡

公元1037年，十六岁的王安石随父亲定居到了江宁府（今南京）。1070年，王安石被任命为同平章事（宰相），开始推行变法。由于反对派的攻击，他几次被迫辞去宰相的职务。1075年2月，宋神宗再次起用他，召他进京拜相。但历经坎坷，对仕途厌倦的诗人早已心意萧索。

那是一个春寒料峭的晚上，王安石再次奉旨进京去主持变法工作，他轻装简从，只带了贴身的随行人员。从镇江的京口渡过长江后，他们在江北的瓜洲渡口歇息了下来。此时明月当空，江水粼粼，银光洒满了江面。朦胧中回望京口，只见峰峦叠嶂，群山绵延，瓜洲与家乡的钟山也就隔着几座山。而今春风又回江南，那一片片的嫩绿翠绿仿佛一夜间浸染了江河大地。只是啊，此去京都的王安石，不知道何时能再回到这明月下的江南家乡。

九日黄楼作（节选）

宋 | 苏轼

去年重阳不可说，南城夜半千沤发。
水穿城下作雷鸣，泥满城头飞雨滑。
黄花白酒无人问，日暮归来洗靴袜。
岂知还复有今年，把盏对花容一呷。
莫嫌酒薄红粉陋，终胜泥中千柄锸。
黄楼新成壁未干，青河已落霜初杀。

公元 1078 年的重阳节，徐州知州苏轼决定在古黄河岸边的黄楼宴请文朋诗友，以庆贺徐州军民抗洪抢险一周年的胜利，同时抚慰一下自己那颗惊魂未定的心。

他不仅是位朝廷命官，更是位诗书画皆通的大文豪。面对那些去年来拜访他，却又被大洪水所阻的文朋诗友们，他心有余悸地想起了去年的重阳节。然后他微笑着摇摇头对大家说：“想起去年的重阳节啊，真是没法说。那天大洪水以雷霆之势，在半夜时分汹涌而至南门外。当时大雨如注，暴涨的洪水似乎就要淹没徐州城，城墙上全是飞

黄楼

溅的泥土。我当时带着百姓们抗洪抢险，根本顾不上吃饭喝酒，回家后还要自己洗衣洗袜。哪里想到今天还能坐在这里陪着大家，从容淡定地品酒啊。所以各位，请不要嫌弃我今天招待不周，这样的日子，比起我去年带着百姓们挥锹挖土，防堵洪水强多了。现在黄楼刚刚建成，墙壁还没干透，却已经到霜降的秋天了……各位都是名士高人，今天我敬大家的酒，都要畅饮喝完。”

1077 年秋，黄河在河南境内决口，洪水包围徐州城。苏轼带领徐州军民经过三个月的抢险，终于得以保全徐州城。洪水退后，苏轼为避免徐州城再遭水灾，又请求朝廷调集民工加固城墙。

苏轼任徐州知州期间，不少文人学者向往徐州，使徐州成为当时文坛的中心。1078 年，即黄楼建成的第二年，苏轼邀请三十多位文化名士参加黄楼落成典礼，著名文人苏辙、秦观等人都作赋吟诗表示庆贺。后来，苏轼将他在徐州近两年内描写的，关于抗洪、抗旱和风土人情的名篇佳作编为一集，命名为《黄楼集》。

（资料参考《徐州市水利志》）

百步洪[①]（节选）

宋 | 苏轼

长洪斗落生跳波，轻舟南下如投梭。
水师绝叫凫雁起，乱石一线争磋磨。
有如兔走鹰隼落，骏马下注千丈坡。
断弦离柱箭脱手，飞电过隙珠翻荷。
四山眩转风掠耳，但见流沫生千涡。
险中得乐虽一快，何意水伯夸秋河。

公元 1078 年夏秋季，苏轼在徐州知州任上时，曾与诗僧参寥等人一同乘船游玩过百步洪。

那一天，或许是他和参寥第一次游览百步洪，他们乘船在百步洪的激流险滩间穿行，倍感惊险刺激。船行其间，但见水为乱石所阻激，陡起猛落，时时飞溅起浪花，溅在他们的脸上和身上，那船速快得就像飞掷的梭子一样。就连为他们驾船的熟练水手，也经常兴奋地大声叫唤，惊飞起水边的野鸭。偶尔，前方的乱石间会突然出现一线急流，那流速快得犹如鹰隼扑兔，又如骏马下坡；犹如飞箭脱弦，又如闪电

徐州百步洪

过隙。人在船上啊，只觉山风掠耳，百漩千涡，流沫飞逝。这次的经历，既让人领略到了速度的快感，更让人领略到了水的壮观美。此次水中涉险，虽然快乐无比，但苏轼和参寥也不会像庄子笔下的水伯那样浅薄自负，以为天下之美尽是自己看到的那样，而让人贻笑大方。

注

①百步洪：又叫徐州洪，是当年泗水经过的地方，两岸乱石峭立，水流迅急，长百余步，所以叫百步洪。

泗州东城晚望

宋 | 秦观

渺渺孤城白水环，舳舻人语夕霏间。
林梢一抹青如画，应是淮流转处山。

洪泽湖大堤泗州城段

夕阳西下的时候，我终于登上了泗洲城的高大城墙。

这座始建于北周、兴起于唐代的古城，由于漕运的发达和佛教圣地所在，达到了空前的繁荣。当我放眼远眺，只见薄雾轻掠的淮河像一条蜿蜒的白色缎带，绕过孤兀的泗州城，静静地流向远方；河上白帆点点，烟水深处的船上人语依稀。远处是一片树林，林梢的尽头，是一抹淡如眉黛的青色，那应该就是淮河拐弯处的山峦了。

泗州古城，繁荣辉煌了九百多年，后由于黄河夺汴入淮的频繁袭击，在清康熙十九年，终于被一场特大洪水所吞噬，沉没于洪泽湖水底。史料分析，泗州城被淹，主要是因为城址地势低洼，黄河夺淮后的频繁水灾以及明清两代推行的“蓄清刷黄”的治水政策。关于它的沉没，民间有许多种传说，但无论是民间传说，还是正史记载，却都离不开一个“水”字。

秋日三首（选一）

宋 | 秦观

霜落邗沟积水清，寒星无数傍船明。

菰蒲深处疑无地，忽有人家笑语声。

古邗沟故道——黄金坝闸站

有着两千多年历史的邗沟，是古运河中一段沟通长江和淮河的水系，南起扬州以南的长江，北至淮安以北的淮河。秦观是扬州高邮人，邗沟历经变迁，在流过他家乡的同时，也为大自然增添了无限风情。

那天他乘船经过运河邗沟段的时候，正值霜落寒降、水静风清的夜晚，甚觉神清气爽，心情愉悦。此时没有月光，唯见天空星斗无数，他禁不住被这迷人的秋水夜色所陶醉。俯望星空下的湖面，唯见寒星万点幽寂地映照在水中，令人倍觉亲切寂寥。环顾四周，隐约可见邗沟两岸丛生着茭白、香蒲一类的水生植物，在夜色朦胧中，散发着水生植物独有的清香，给人带来一种迷离的归属感。小船漂泊在这没过人头的菰蒲草荡深处，想必是不会看到灯火人家的。然而正在他猜测疑惑的时候，却突然听到从水荡深处传来的人家笑语声。那恍如隔世的声音，充满了柳暗花明又一村的明亮和暖馨。

青玉案[1]

宋 | 贺铸

凌波不过横塘路，但目送、芳尘去。锦瑟华年谁与度？月台花榭，琐窗朱户，只有春知处。

碧云冉冉蘅皋[2]暮，彩笔新题断肠句。试问闲愁都几许？一川烟草，满城风絮，梅子黄时雨。

词人贺铸晚年退隐苏州，闲居在距离苏州盘门外十里处的横塘。他一生为人耿直，不媚权贵，所以固然有天赋的才华，却始终怀才不遇，沉郁潦倒，每天只能对着家里的满壁藏书打发时光。那是一个明媚的暮春午后，距他小院不远的横塘边云碧草青，桃红柳绿，空气中满溢着的花草香氛，吸引着他来到了横塘边。

当他到达的时候，一辆油壁香车正好从他的面前缓缓而过。风掀起车帘的瞬间，他隐约看到车里的女子正在偷窥春色。他不知道她从哪里来，欲往何处去，更不知道她轻盈的步履以后是否还会路过横塘。他唯一能做的是目送她的人和车，绝尘而去。他伫立在车马扬起的香尘中，感叹地想，不知道这个青春曼妙的女子啊，此去将会与谁共度一生？她所居住的朱户深闺，月台花榭处，大概只有春风春水才能到

横塘图

访了。

她走了。他联想起自己郁郁不得志的一生，怅惘地流连在香草清芬的河塘岸边，寂寂地看着天上冉冉飘忽的流云，还有那徐徐降下的暮色，心中的凄黯和抑郁涌至心口，诉诸笔端。你若问我到底有几多闲愁，我只能告诉你，它们就像这连天的芳草，满城纷乱的风絮，还有这阴湿的梅雨。

注

①青玉案：词牌名。

②蘅皋：长有香草的沼泽。

练湖春霁

宋 | 蔡肇

春入池塘绿涨初，蒲根水暖戏鸥凫。
杂花开处自深浅，细雨漾空如有无。
风外钟声闻远寺，柳间帆影出平湖。
冥搜竟日耽佳句，不负宗生来画图。

梦回练湖

位于镇江丹阳县城西北的练湖，是一处人工湖泊，始建于1700多年前的西晋初年，是晋人陈敏、陈谐兄弟为解决丹阳一带的水患和农田灌溉而修建的一项重要水利工程。此湖因三国时吴国大将军周瑜在此地操练水兵而得名。

这是细雨初晴后的一个春天，诗人蔡肇漫步练湖池塘边，但见春侵池塘，塘上仿佛一夜间涨满了绿色，一些水鸟野鸭在渐渐温暖起来的蒲根边亮翅戏耍。那岸边开满了色彩深浅不一的野花，烂漫芬芳，天空漾浮着若有若无的雨丝，迷蒙一片。远寺的钟声，随着春风悠扬地飘送过来，湖上的帆影在柳梢间穿梭，轻盈地仿佛要飘出湖面。这是一幅多么富于诗情画意的生动画卷啊！他一边走一边欣赏，不由得在心里生出一丝喟叹：但愿我整日苦思冥想搜索写出的诗句哦，既不要辜负前辈画家宗炳先生所作的练湖画卷，更不要辜负练湖的这一片秀丽美景。

圩丁词十解（选六、七）

宋 | 杨万里

六

年年圩长集圩丁，不要招呼自要行。

万杵一鸣千畚土，大呼高唱总齐声。

七

儿郎辛苦莫呼天，一岁修圩一岁眠。

六七月头无滴雨，试登高处望圩田。

圩田，是中国古代劳动人民在湖泊和河滩等低洼地区筑堤防水的田地，也是一种挡水护田的土地利用方式。一般圩堤上都建有涵闸，平时关闸挡水，旱时开闸放水入田，因而旱涝无忧。圩田由汉代以前的淤湖围田发展而来，至唐代已相当发达。圩丁指参加修建、加固圩田改造劳动的人，圩长则是指主管圩田堤防事务的人。

《圩丁词十解》又名《圩丁词》，是宋代著名诗人杨万里为讴歌当时的农民参加筑圩、固圩劳动而写的一组诗。整组诗共十首，生动介绍了当时农田水利开发治理的史实及圩田旱涝保收的作用，使读者

圩田劳作图

充分感受到当时农民筑圩、固圩的艰辛过程。

古代的人们在水灾和干旱等自然灾害面前常常显得无能为力，所以他们对改造农田、治理疏浚水渠等改造自然的劳动，保有极大的热情。他们的热情既表现在劳动的干劲上，更表现在干活时高声唱出的劳动号子上。“水利是农业的命脉”，也是庄稼人赖以生存的根本，治理好水田保丰收，千年前的宋代农民已深有体会，从这两首节选的诗中亦可见一斑。

《圩丁词十解》之六描写了农民们自觉参加修筑圩田时的热情和壮观的劳动场景；之七则是劝勉修筑圩田的百姓，不要惧怕修筑圩田的艰苦，如果圩田的保水工程做得稳固牢靠，那么即便到了六七月份大旱无雨的时候，我们也可以站在高处，欣赏绿水盈盈的水稻田及圩田四周恬适宁静的水乡风光，而高枕无忧了。

圩田二首

宋｜杨万里

一

周遭圩岸缭金城，一眼圩田翠不分。
行到秋苗初熟处，翠茸锦上织黄云。

二

古来圩岸护堤防，岸岸行行种绿杨。
岁久树根无寸土，绿杨走入水中央。

圩田

宋代大诗人杨万里一生热爱农村，体恤农民，写过不少反映农民生活的诗篇。闲暇或者路过乡间的时候，他常常会为乡村的田园美景或农民们的劳动场景所感染、陶醉。

那是初秋的一天，他漫步乡间原野，只见赤山湖周围的稻秧苗在固若金汤的圩岸保护下，生机盎然、翠色连天地生长着；等走到有水稻庄稼初熟的地方时，又能看到翠绿色上仿佛停驻了一片金黄的云层，那是庄稼即将成熟的色彩。自古以来，都是圩田岸边长满的绿杨树在保护着堤防，但那些绿杨树终因久遭大水冲刷，树根上的土都被冲刷干净了，长此以往，水对堤防和堤树会有很大的侵蚀。

那一天，他边走边看，遇到熟悉的农人还会停下来，和他们唠叨唠叨农田的保护常识，或者庄稼的收成。直到暮色四合，才在满溢着稻花香的田间小路上恋恋而归。

南乡子[1] · 登京口北固亭怀古

宋 | 辛弃疾

何处望神州？满眼风光北固楼。千古兴亡多少事？悠悠！不尽长江滚滚流。

年少万兜鍪[2]，坐断东南战未休。天下英雄谁敌手？曹刘！生子当如孙仲谋。

公元 1204 年的阳春三月，辛弃疾临危受命，由浙江绍兴前往镇江任职，第二年任镇江知府。

镇江，既是“一水横陈，连冈三面，做出争雄势”的形胜之地，又是中国历史上各路英雄豪杰的建功立业之地。辛弃疾到任的时候，这里成了南宋人与金人对垒的第二道军事防线和战场。

金兵入侵，占据了南宋的半壁江山。朝廷苟安杭州，分出主战派和主和派，沦陷区百姓的抗金浪潮一浪高过一浪，朝廷的主和派们却以各种明暗手段，打击、报复甚至暗杀抗金将领们。辛弃疾受祖父辛赞爱国主义思想影响，很小就立志要收复失地，报效祖国（他出生时家乡山东已被金人占领）。无奈朝廷被主和派所操控，怀有济世救国理想的他，始终得不到重用。即便是被任命来镇江御敌，也是朝廷那些主和派们

镇江北固亭

别有用心的安排。

但无论是奸计还是阴谋，只要有杀敌报国、收复失地的机会，所有人间的肮脏和沧桑，辛弃疾都不会在乎。此刻当他登上长江边上的北固亭，放眼远眺的时候，哪里还能看到完整的神州大地呢？曾经的秀丽江山、满目风光之地，如今都成了北固楼以北的沦陷地。从古至今，到底有多少王朝更迭的兴亡大事轮番上演，估计只有滚滚东流的长江水才知道。回想当年，三国的少年英雄孙权（字仲谋），年纪轻轻已带领千军万马，占据了东南一隅，开疆扩土，坚持抗战，从不向敌人低头屈服。天下英雄有谁是他的对手呢？恐怕只有曹操和刘备了。所以啊，希望华夏儿郎们都能像孙仲谋那样，不畏强敌，共御国难，保家卫国。

注

①南乡子：词牌名。

②兜鍪（móu）：古代战士戴的头盔，代指士兵。

过无锡

宋 | 文天祥

金山冉冉波涛雨，锡水茫茫草木春。
二十年前曾去路，三千里外作行人。
英雄未死心先碎，父老相逢鼻欲辛。
夜读程婴存赵事，一回惆怅一沾巾。

公元 1276 年，元兵进逼临安（南宋的临时都城，今杭州），宋朝谢太后派右丞相兼枢密使文天祥与元军讲和。文天祥奉命至元营谈判，被元相伯颜扣留，欲押往北京囚禁。路过无锡时，元兵害怕南宋人劫持，遂将文天祥幽禁在古运河中的黄埠墩过夜。

时值农历二月，无锡人听说文丞相经过，不顾元军的鞭打阻挡，在运河岸边排得密密麻麻，持香跪送，哭声震天。被俘的文天祥在四面环水的黄埠墩听闻一切后，满腔悲愤，热泪纵横。面对波涛翻涌的无锡运河水和风雨飘摇的南宋江山，他忍不住回想起二十年前路过黄埠墩的情景。那是 1256 年的春天，二十岁的他和弟弟文天壁赶赴杭州参加科举，途经黄埠墩时，对这里的风光留下了深刻且美好的印象。考试结束，在六百名左右进士中，他名列榜首。那时的他便已抱定要用一腔热血报效祖国和人民的决心。时光荏苒，没想到的是，当他二十年后再过此地时，已成了去国离家的天涯囚客。而今身陷囹圄的他，虽然已将生死置之度外，但面对无锡父老乡亲的期盼和爱戴，他内心的辛酸和苦楚早已化作满脸泪水，倾泻成河。此刻夜已深，锡水岸边肯定也是霜浓露重了，他很想去岸边，一一扶起跪拜他的无锡百姓，然后亲口对他们说声：谢谢，请回吧。但最终他只能把视线从窗外黄埠墩苍茫的水面上黯然收回，然后落寞地返身踱回，捧出随身携带的《史记》来读。读到《赵世家》章节，看到程婴舍却亲生儿子，救出赵家后代，最终报了家仇国恨时，泪水禁不住又一次濡湿了衣襟，万千思绪再次涌至胸口，令他随口吟出了这首《过无锡》。

黄埠墩

黄埠墩是无锡的名胜。其四面环水，舟船本难以到达，无论是谁被囚于此，都很难逃脱。元军看到无锡百姓对文天祥的拥戴和崇敬之情后，惧怕无锡人的势力，吓得在黎明时分就押着文天祥悄悄逃走了。但到了镇江后，他还是被爱国义士在半夜时分解救了出来，回到福州后继续领兵抵抗。

扬子江

宋 | 文天祥

儿日随风北海游，回从扬子大江头。
臣心一片磁针石，不指南方不肯休。

扬子江南通段

南宋德祐年间，元兵南下，占领了长江中下游地区，南宋朝廷节节败退，最后只能退守福建一带。元军入侵后，文天祥奉命赴元军谈判，后被扣留拘押北上，行至镇江时乘机逃脱。后经南通时听说有人在浙江、福州等地组织抗敌，十分兴奋，急于回到南方聚兵抗敌。本打算从南通的通州沿江东下，出扬子江口，但江中沙洲等地有敌情，只好绕道出北海，然后渡扬子江。

那段日子他被元军所囚，一直被逼身似浮萍般地在北海上漂流，而今终于重新回到了扬子江头。虽然经历了太多次的颠沛流离和坎坷磨难，但他驱除元寇、保家卫国的决心却始终如指南针般不可动摇。他早已将生死置之度外，只求自己能不屈不挠地战斗下去，直到将退至南方的朝廷重新迎回旧都。

（资料参考《宋史》）

三、元

横波亭为青口帅赋

金元 | 元好问

孤亭突兀插飞流，气压元龙百尺楼。
万里风涛接瀛海，千年豪杰壮山丘。
疏星淡月鱼龙夜，老木清霜鸿雁秋。
倚剑长歌一杯酒，浮云西北是神州。

横波亭，是古代坐落在连云港青口河入海口处一座气势恢宏的六角亭。在此极目东眺，但见波涛汹涌，横无际涯（后因青口河东移等原因，今已不存）。

金末正大年间，金人派了一位大帅率军驻守青口，这位大帅便被人们称为“青口帅”。金代大诗人元好问和青口帅私交甚厚，在大帅驻防青口期间，北方铁木真的蒙古军攻城略地，金和南宋岌岌可危。元好问随着逃难的人流南下，投奔老朋友青口帅。老友的到来，让青口帅很高兴。于是，他在青口风景绝佳处横波亭宴请元好问。两人对饮于横波亭之中，面对一望无垠、推波逐浪的大海，元好问触景生情，顿生救国忧民的豪迈之情，随之吟出这首《横波亭为青口帅赋》。

横波亭凌空突兀飞架在青口要塞入海处，它的雄壮气势可以压过当年三国英雄陈元龙（陈登）的百尺楼。那亭下临飞流的孤高之势，给人以强烈的视觉冲击力；登上横波亭凭高远眺，可见飞流湍急奔入海口，与万里风涛的大海相接。面对此情此景，再联想起千百年来历史上的英雄豪杰，更觉得山河雄壮，胸怀开阔。值此家国存亡之际，那些历史上的英雄人物是多么令人渴慕和怀念啊。如果是月淡星疏的晚上，横波亭上便可见月光凄迷，海夜平静，鱼龙潜藏。但此时正是百草衰落的秋日，在横波亭上只能远眺老树败叶凋零，白霜寒气凛冽，天空北雁南飞，哀声阵阵。而这一切，又不由得让人怅然想起了浮云下的西北神州，那里的壮美山河本是我们的故国土地，此刻却沦陷蒙古人之手。此时此刻我真想持配长剑、金戈铁马，和大帅你一起去收复那些失去的土地，等凯旋之际，再和你举杯畅饮！

过毗陵

元 | 陈孚

毗陵城西渔火红，家家夜香烧碧空。
荻花离离季子冢，枫叶索索春申宫。
鸡声人语三十里，大船小船浪相倚。
鸂鶒[1]一双飞上天，人在柁楼弄秋水。

元代学者、诗人陈孚，是在一个萧索的秋季路过毗陵（今常州）的。他沿运河一路而来，只见沿河边建了很多寺庙，穿城而过的运河有三四十里长。

他到达的时候，已是夜晚。只见毗陵城西的河面上渔火点点，远远地从空气中飘过来的都是檀香的味道，打听后才知道，这两天正逢庙会，毗陵民间有焚烧夜香的习俗。毗陵自古以来就是先贤辈出的地方，现在想那季子（春秋时吴王寿梦的小儿子季札）墓上的芦花一定繁盛开放了，而春申（战国时楚相春申君黄歇在常州治水，留下了申港、黄堰等多处遗址，加快了常州境内大水的泄湖通江能力）宫遗址的枫叶也一定在风中招展红似火了。此刻听这河岸上鸡声人语的喧闹

江南运河风光

声，看这运河上大船连小船的盛况，估计至少要绵延到三十里以外。近旁，不知是什么声音惊起了一对水上鸂鶒，它们扑棱棱飞上了天空，而船上的人却依旧在若无其事地撩拨着秋水。常州运河的这番热闹和娴静啊，真是令人倍觉亲切和难忘。

注

①鸂鶒（xī chì）：一种水鸟名，俗称紫鸳鸯。

（资料参考《运河常州》）

过界首驿

元 | 萨都剌

清气扑人湖面水，幽声到耳树头风。

人家蚕老樱桃熟，恰是淮南四月中。

幽声到耳树头风

元代诗人萨都剌四十三岁这一年，因赴杭州上任，途经江苏高邮的界首，歇脚在界首的驿站。

这个开设于至元十四年的驿站，至今已有六七百年的历史，担负着国家政治、经济、文化、军事等方面的信息和物流传递任务，因地处水陆交通要道和具备完善的食宿条件，而受到南来北往封建官员和文人雅士的青睐，萨都剌是其中之一。

在驿站初歇后，他只觉运河岸附近的湖上春光暖熏，水波灵动。湖水携着清新之气一阵阵沁人肺腑，令人神清气爽，萨都剌的心境亦愈发清朗愉悦。为了多看看湖边人家的风土乡情，他吩咐随行人员在驿站多留一宿，然后一个人走出驿站，向湖畔人家的农庄走去。这个春天的午后，湖面微风轻拂，暖暖的气息掠过湖水迎面酥然扑来，侧耳细听，只有风穿越树梢的声音，这声音衬托得四周更加幽静。再看路边农户人家长的蚕豆已经衰败，树上珍珠般的红樱桃已经成熟，原来这便是春天四月的淮南人家了。

那天他边走边看，信步徜徉在湖畔的乡间小路上，一时忘却了人世的羁绊和疲累，直到夕阳西下，才恋恋而归。

风雨渡扬子江（节选）

元 | 吴莱

大江西来自巴蜀，直下万里浇吴楚。

我从扬子指蒜山，旧读《水经》今始睹。

平生壮志此最奇，一叶轻舟傲烟雨。

怒风鼓浪屹于城，沧海输潮开水府。

风雨渡扬子江

《风雨渡扬子江》是元代著名学者吴莱的一首七言歌行体诗歌。（扬子江旧指长江下游段，古代因扬子津渡口而得名）全诗共分三层意思：第一层主要描写长江的奇崛突兀及作者在江上的见闻；第二层是追忆怀古，主要回顾长江的历史，以及长江上曾发生过的一些神奇现象；第三层是感古叹今，抒发了作者对历史英雄人物和治水英雄大禹的敬仰、尊崇之情。这里节选的是古诗开头部分，主要描写了作者初见长江时的震撼和惊异之情。

那是一个风雨天，诗人要渡江去镇江的蒜山。当他在风雨中登上渡船以后，只见滚滚长江西流而来，它奔腾一泻千里的气势，似乎要一直向南淹没掉吴楚之地。以前读《水经》的时候，他经常会读到对长江天险的描写和介绍，今天终于能亲眼看到了。此时他所乘坐的小船，像一片树叶在江风雨水中傲然穿行。那江风掀起的波浪，常常如城墙般屹立在江面上，海潮汹涌澎湃似乎要冲撞开水下神府。这些壮观的江上情景，是他目前为止看到的最奇异的景象。

晚泊邳州

元 | 贡师泰

一带黄河百折湾，下邳城外更潺湲。

烟迷两岸疑无地，日落中原喜有山。

法重盐租严犯界，官多鱼税倍征关。

白头父老相逢处，犹似圯桥授履[1]还。

古黄河邳州段

元朝时，黄河边上的下邳是一个热闹繁华的城镇。这天，身为朝廷命官的贡师泰，在傍晚时分再次因公路过他的第二故乡下邳。停歇下来后，他慢慢欣赏起下邳的景色，并写下一首诗，记录了自己的所见所感。

今天一路行来，只见古泗水到徐州以下这一带的黄河弯曲难行，河水流到下邳的时候水势已经减缓了很多。水路迷蒙，原以为前面没有路了，没想到夕阳西下的时候，还能隐约眺望到路尽头中原那边的山峰。这一带因为盐运和鱼市的发达，市场显得格外热闹繁华。官方因此在这里设了重法，来防止盐商偷漏租金，增设了税务关卡，以防渔民逃税。而在我和家乡父老们相逢的地方，我看到老人们都是那么豁达智慧，如同当年在圯桥上给张良赠书的黄石公一样!

注

①圯（yí）桥授履：据《史记·留侯世家》载，汉代济北谷城山下（徐州下邳一带）隐士黄石公，在下邳境内的圯桥上，故意三次将鞋扔到桥下，又让当时逃亡在下邳的张良三次捡来为他穿上，并最终传授奇书给张良，使张良成为汉代军事家。

四、明

淮安览古

明 | 姚广孝

襟吴带楚客多游，壮丽东南第一州。
屏列江山随地转，练铺淮水际天浮。
城头鼓动惊乌鹊，坝口帆开起白鸥。
胯下英雄[1]今不见，淡烟斜日使人愁。

淮安在春秋战国时曾先后属吴、越、楚国，得漕运之惠的鼎盛时期，曾与运河沿线的扬州、苏州、杭州并称“四大都会”。

作为辅佐明成祖朱棣登上皇位的姚广孝，曾经不止一次路过淮安。这天他路过淮安，登高游览一番后，再次被淮安的特殊地理位置和壮美景色深深吸引。

襟吴带楚的淮安府，其秀丽壮美之姿在东南各州县中自古就位列第一。那翠屏一般排立远去的树林，随着平原地势逶迤转向远方，而淮水则犹如凌空铺展向天际尽头的白练。城墙上一响起鼓声就会惊动乌鹊，运河坝口的船上只要一张开风帆，就会有白鸥水鸟被惊飞远去。遥望斜阳笼罩下的淮水、运河，淮安的英雄人物韩信已经湮没于历史深处，而当今的英雄又在哪里呢？一想起这些，不禁心

淮安镇淮楼

生起淡淡的惆怅。

姚广孝不仅是诗人，更是帮助明成祖朱棣顺利登上帝位的政治家，后来又担任了太子少师。他在这首诗里既有对祖国山河的赞美，更有对能够保护江山社稷英雄人物的仰慕和尊崇之心。

注

①胯下英雄：指汉代军事家、淮阴侯韩信。

登金陵雨花台望大江

明｜高启

大江来从万山中，山势尽与江流东。
钟山如龙独西上，欲破巨浪乘长风。
江山相雄不相让，形胜争夸天下壮。
秦皇空此瘗[1]黄金，佳气葱葱至今王。
我怀郁塞何由开，酒酣走上城南台。
坐觉苍茫万古意，远自荒烟落日之中来！
石头城下涛声怒，武骑千群谁敢渡？
黄旗入洛竟何祥，铁锁横江未为固。
前三国，后六朝，草生宫阙何萧萧。
英雄乘时务割据，几度战血流寒潮。
我生幸逢圣人起南国，祸乱初平事休息。
从今四海永为家，不用长江限南北。

高启生活于元末明初，饱尝战乱之苦。洪武初年，作为“明初四杰”之一的他，被推荐参加《元史》的修撰。

这天，或许是他编撰修史时的一个假期。为了缓解一下案牍劳累之苦，他喝多了酒，然后在夕阳西沉的时候，一个人来到了聚宝山上的雨花台。

他登台远眺荒烟落日笼罩下的长江之际，不禁思潮澎湃，古都金陵的诸多兴衰往事陆续涌至眼前。看那长江从崇山峻岭中呼啸而来，与钟山一起顺势东去。而蜿蜒西去的钟山气势，则仿佛是条驭风破浪直达云霄的巨龙。如此江山形胜争雄之地，不禁使人想起当初秦始皇在此地埋下金玉杂宝，想镇压金陵“天子之气”的传说。不过秦始皇所做的一切都是徒劳无功，金陵至今依然“王气”旺盛，此时又成了新建立的朱明王朝的京城。那天本就酒气缠身的他，不知道心里的郁闷之结该如何来化解。他在雨花台上独对着万古江山，唯觉前朝往事从一片荒烟苍茫中穿越时空而来。

曾几何时，石头城下涛声怒吼，江北纵然有千军万马又有谁敢轻易来抢渡呢？想当年，三国吴主孙皓，因迷信术士说自己就是真龙天子的谣传，几年后被晋军所败。那时吴国在长江险要处设置铁链，横锁江面，可是依旧阻挡不住晋军的进攻，最后孙皓只好出城投降。此时自三国东吴建都以来的六朝宫殿，都已杂草丛生，残败破落，那些妄想凭借长江天险割据一方的英雄、枭雄们，只能让苍生血流成河，给百姓带来灾难而一无所得。如今值得庆幸的是，大家都生逢盛世，太祖朱元璋平定天下，百姓终于可以休养生息，安居乐业。从此可以四海一家，不再因长江分割南北而起硝烟战争了。

注

①瘗（yì）：掩埋、埋葬的意思。

赈饥诗

明 | 周忱

一

萧萧匹马过江干，满目饥民不可看。
十里路埋千家冢，一家人哭两三般。
犬衔骸骨形将朽，鸦啄骷髅血未干。
寄语当朝诸宰辅，铁人闻着也心酸。

二

艰难百姓实堪悲，大小人民总受饥。
五日不烧三日火，十家关闭九家篱。
只鹅止换三升谷，斗米能求八岁儿。
更有两般堪叹处，地无芳草树无皮。

1434年夏天，无锡发生大旱，百姓饥不择食，以草叶屑、树皮、杂豆饼等充饥，但灾情依旧无法缓解。时任工部右侍郎的周忱，正巡抚江南，接到旱情报告后，第一时间赶往灾情现场，了解情况，并准备上奏朝廷，赈济灾民。

他是个亲民爱民的官员，每次到百姓中访贫问苦，很少带随从，这次也一样。接到旱情报告后，他忧心如焚，将官衙中的事务安排妥当后，便一个人骑着马赶往旱情最严重的地方。他渡过似乎要干涸的大江后，只见万户断炊，饥民遍地。十里路上有近千家坟墓，野地里的狗叼着形将腐朽的尸骨，乌鸦啄着骷髅里还没有完全枯干的血迹……如果将这一切写成文书上奏寄送到朝廷宰相那里，就是心如铁石的人看到也会心酸落泪。老百姓们忍饥挨饿，度日如年，十家有九家关门闭户外出逃荒寻求活路了。现在这里的一只鹅可以换到三升谷子，一斗米能换到一个八岁的孩子。更让人惊叹痛心的是，地上的草根和树上的树皮，都被饥民挖完剥光用来充饥了。这真是令人欲哭无泪的人间惨剧！

从唐贞元六年（790年）至民国三十七年（1948年）的1158年间，无锡境内共发生旱灾63次，其中明代就发生了24次，是历史上旱灾较为严重的时期。大灾之年，河湖干涸，土地龟裂，稻禾枯槁，民炊无米，树皮被剥食殆尽，旱灾发生时还伴有蝗灾、瘟疫等，许多村落都是一片死寂空荡。此诗便是明代大旱之年的真实写照，表达了诗人为官一方，与饥民们共御旱灾的沉痛之情。同时由此诗也可以看出，保水抗旱、兴修水利对于民生是何等重要。

（资料参考《锡山市水利志》《无锡县志》）

自柴墟①归海陵

明 | 储巏(quán)

北望江乡水国中，帆悬十里满湖风。
白苹无数依红蓼，惟有逍遥一钓翁。

里下河风光

从柴墟去海陵的时候，我的视野里满是一片水乡泽国。

远远望去，那连绵不断的船帆似乎铺排了十里远，它们在湖风的推送下悬满了湖面，气势壮观浩荡。再看近处的沟渠里，飘满了白色的睡莲浮萍之类的小花，河边田野间则长满了高颈的红蓼，它的花由浅红到深红，开到旺盛的时候就会低垂下来，紧挨着浮在水面上的白色睡莲。安静闲适的水边天地间，唯一能看见的人就是那个聚精会神钓鱼的老头。这一切让人感觉多么惬意美好啊！

古泰州地处长江之尾、黄海之滨，江海之水在这里激荡、汇聚，造就了泰州两千多年的辉煌，养育了一代又一代先民，滋润了泰州丰富的历史文化。从泰州城区往北就是里下河地区，自古以来，这里水网密布、沟渠纵横、优美娴静的水乡风光，吸引着诗人们一次次驻足回首。

注

①柴墟：指明代海陵（今泰州）的柴墟镇。

石塘观水谣

明 | 邵宝

东南风，湖水升；西北风，湖水落。
昨日今日皆无风，不见水往来，但见郊原成一壑。
海深如不容，洪流横复纵，都水使者难施功。
三江不为江，震泽不为泽，岳阳何处楼？长啸洞庭窄。
君不见，山东不雨夏接春，赤地千里还愁人。

石塘桥是今天无锡长广溪公园内的一处风景绝佳地，其历史可追溯至宋代。长广溪自古以来就是外太湖经五里湖，进入无锡的水上捷径，这里历来流传着“石塘倒流水”的奇观。

地处长广溪与五里湖交汇处的石塘桥，桥南有三个漩水潭，水深不可测，是观赏水流奇观的最佳处。每逢雨季水涨的时节，人们都会不约而同来此观水。担任过明朝漕运总督的邵宝也常来此考察水情。邵宝关心劳动人民疾苦，常把兴修水利放在心上。为了探究五里湖的水情，有一年夏天，他连续两天来到石塘桥考察，仔细察看五里湖水涨水落的情况，并写成了《石塘观水谣》。

长广溪

天上刮东南风的时候，湖水就会上涨；刮西北风的时候，湖水就会落下去。如果连续两天都刮大风，就看不见水的涨落了，只能看见郊外原野的大水漫溢成一条深沟大河了。如果洪水到处泛滥，不能顺利流入大海，即便是治水官员也无计可施。这时，三江和太湖就全都汪洋一片了，哪里还能看到湖边的任何建筑物呢？如果春季和夏季连着一滴雨都没有，那赤地千里的旱情又一定愁煞人。

西湖春雨

明 | 凌儒

殿山连郭小西湖，一镜澄然落影孤。
日日寒波裕鸥鹭，年年春雨长菰蒲。
精忠上仰将军岳，正学前瞻教授胡。
为爱幽遐隔尘市，结茆邻并著潜夫。

泰州泰山公园

西湖春雨，为海陵（今泰州）八景之一。这里的西湖，是南宋宝庆二年，由泰州知州陈垓疏浚泰山（泰州公园里垒土而成的小山）脚下湖泊而成。

那是一个春雨霏霏的午后，诗人凌儒从泰山西边临湖禅院的大殿后下山，折向西行，便见秀色可餐的小西湖了。踱步湖边的时候，只见小西湖像一面清澄的镜子，衬映着周围事物孤单的影子。那些湖上的鸥鹭每天沐浴着寒波，在水上觅食；一场春雨过后，水中的菰蒲等植物就会蹿出水面，湖上到处是一派生机盎然的景象。向北仰视，泰山顶上巍然屹立着岳武穆祠；向前探寻，安定书院内胡瑗教授的像端肃凝重。他因为喜欢过着闲暇幽静的生活，所以宁愿像隐士般住在这偏僻简陋的地方，远离喧嚣的尘世，和这些先贤们做邻居。他觉得这些历史上的前辈先贤都是自己崇拜学习的榜样！

范堤烟柳

明 | 凌儒

长堤捍海几经年，万柳青青含晓烟。
鳌极永安潮应月，蜃楼高结碧连天。
自宜煮水堪成赋，不畏扬波好种田。
我亦乡人事疏凿，漫将经济继前贤。

泰州范公堤遗址公园

范公堤阻挡海潮已经很多年了,长堤上的青青垂柳氤氲在水汽中,仿佛被包围在轻薄缭绕的云烟中。这牢固的海堤阻挡着潮水,伴随着日月,保护着周边百姓生活的安宁,人们偶尔还能看到大海中的海市蜃楼高高地悬结在万里碧空中。现在这么好的时机最适合用海水煮盐来换钱,缴纳赋税,耕田种庄稼也不用惧怕海潮来袭了。我和乡邻们做疏浚水道、排除水患之类的事情,只是为了以治水前贤们为榜样,使大家永远过着安居乐业的生活。

范堤烟柳,是海陵(今泰州)八景之一。海陵旧时东濒黄海,自成陆地后,海岸逐渐东移。每当海潮漫涨之时,沿海一带房屋沉没,田灶尽毁,百姓往往家破人亡,流离失所。

明代诗人凌儒对泰州及里下河地区的水患十分了解,晚年他在致仕回乡养老期间,还亲历了多次水灾,并多次上奏官府,为民请命,带领父老乡亲兴修水利。水害变水利后,他常漫步大堤,写诗吟咏赞美。

兴庄夜雨

明 | 董志毅

有云有雨亦难期，有雨无云那得知。

午夜天边光皎洁，平明沙上点差池。

恍疑神女骖鸾过，定是神龙戏海垂。

一度潮回一影灭，鸥凫无数立晴陂。

“兴庄夜雨”是古代连云港赣榆八景之一，是因特殊的地理位置而形成的自然景象。

月光皎洁的海边兴庄夜晚，大地一片通彻透明。这时候往往会听到淅淅沥沥（有时是哗啦哗啦）的雨声，但如果你跑出去看，天上无雨，地上也并无积水，只有似雨点滴落的浅坑，星点错落地散布在泥地苍苔间。有云有雨的时候都很难看到这样的现象，有雨无云的时候就更不知是怎么回事了。恍惚间会疑猜，这或许是神女驾乘青鸾路过的印记，或许是神龙在海边戏水留下的痕迹。每次潮水退去的时候，这种现象就会消失，只剩下许多海鸟停栖在水边坡地上，欢快、悠闲地溜达和戏耍。

连云港海堤

现代的科学解释是，由于兴庄地处盐碱地带，土地表层含有较高的盐分，白天阳光暴晒，地表结成一层薄的硬皮。到了夜间，地下水分上升，受温差影响，地表的硬皮形成了一个个充气小泡，俗称“碱泡”。至午夜前后，温差加大，“碱泡”破裂，发出的响声很像雨声，而“碱泡”破裂处则恰似雨点滴落的痕迹。

寓东海作

明 | 董杏

人家一簇海三边，山作屏风矗面前。
风起茅窗来白浪，天阴石户有青烟。
闲寻洞髓堪延寿，每过岩樵直当仙。
十里龙潭频去看，松芽不必惠山泉。

东海边

董杏，系明代中期诗人董志毅之子，今连云港赣榆人。他好学能文，擅长琴艺和隶篆，为当时的人们所赞誉。其诗文被《嘉庆海州直隶州志》《云台山志》等收录。这首七言诗，反映了作者热爱大自然、与山水和谐相融的朴素人生观。

他在闲暇的时候，常常会去东海边住上几天。

他临时居住的地方，都是三面靠海的海边人家，那些海边的渔民们一年四季都将矗立在眼前的大山当作屏风，而乐在其中。海风刮开海边人家简陋的窗户时，似乎就能感觉到海浪扑面而来，那一阵阵随风而来的海浪，挟裹着海水的咸腥渗进人们的呼吸，侵透着人们的心肺；而每到阴天的时候，山石间又会升腾起袅袅青烟，如梦如幻，令人仿佛进入了海边仙境。闲来无事的时候，他还会去附近的海边和山上探寻奇异的山洞，那些岩洞中的水啊，很多是可以延年益寿的。每当他回家路过山上看到那些砍柴的樵夫时，又会感觉那些樵夫们简直就如同神仙一般。十里龙潭是他经常去游玩的地方，那里的松芽摘下来就可以直接用潭水泡着喝，又何必非要用惠山的泉水呢。

如此闲适清欢的海边生活啊，真是让人有点乐不思家了。

范堤牧笛

明 | 单一凤

此地当年浪里眠，于今壅筑万家田。

春风牧笛横牛背，千载令人颂大贤。

范公堤位于苏北盐城的东台、大丰一带，是黄海沿岸防风挡潮的堤坝，为纪念北宋范仲淹修建捍海堤坝而命名。

宋代天禧年间，刚过而立之年的范仲淹，调任泰州西溪（今东台）盐仓监。天圣元年（1023年），范仲淹目睹海潮肆虐，民不聊生，遂上书泰州知州张纶，建议急速修复捍海堰，以救万民之灾。后经张纶转奏宋仁宗，奉旨修筑。他亲自到海潮出没之地勘察，带领民夫，把数以百计的稻壳倒进沿海水涨落的滩涂。第二天退潮后，民夫们沿海边稻壳的痕迹打下树桩，拟定修筑堤址。时值隆冬，雨雪交加，海潮汹涌，民夫们因惧怕海潮而逃散，陷入泥泞中淹死的达两百余人。为鼓励民夫们将海堤修好，造福子孙后代，范仲淹在风雨中亲临督工，还将自己的官俸拿出来，用在筑堤上。在他的精神鼓舞下，民夫们重振信心，不畏艰难，终于筑成一百八十多华里的大堤。捍海堰全部修成后，外出逃荒的百姓纷纷回归家园，安居乐业，促进了沿海盐业、农业、渔业的发展。

范公堤风光

苏北盐城沿海一带的范公堤，当年都是淹没在海水里的；捍海堤筑成后至今，挡住潮水，保护了千万人家和农田。现今的人们安居乐业，每当春天来临，我们经常可以看到牧童横坐在牛背上，悠闲地吹着短笛，那悠扬的笛声随风传出很远……而这样的一幅美景啊，总是令人情不自禁地想起，千年以来被人赞颂的大贤人范仲淹。

五、清

洳河帆影

明末清初 | 钱谦益

汶洳会合应星文，国计全资运道分。
百万储糈[1]趋上庾，十年楼橹驻斜曛。
篙声动地喧如沸，帆影侵霄乱似云。
自是太平佳丽地，轰阗景物曜河渍[2]。

明清两代，运河漕运关乎着国家的经济命脉。运河沿线的许多城镇，都随着漕运的兴盛而发达起来。邳州的洳口镇亦是明清时期运河边上的一个繁华重镇，那里集聚着驿站、孔庙、碧霞宫等名胜古迹，并且传说那里还是乾隆皇帝下江南的所经之地。

当年诗人钱谦益来到这汶河与洳河的汇合处后，感到这里的河流地貌与走向，都是与天上的星象相应合的（古代的星占家认为应星司春，又主管五谷，而这里的运河和漕粮运输恰恰又印证了这一点）。国家的粮食物资全都依靠这条运河，被分配调往需要的地方。那天他徜徉在洳河边，只见上百万担储备的粮食正从这里向北方的国家粮仓运输，而在斜阳的余晖里，那些历经岁月的帆船正静静地等着搬运工们来装粮上船。漕粮上船后，只见河道上的船只来来往往，船上的船工撑着篙子，号子声就像流水在喧响，在沸腾……那些数不清的高高帆影，则如同天上飘着的阵阵乱云，令人眼花缭乱。这是一幅多么忙碌而热闹的漕运图啊！

面对泇河的喧闹繁华胜景，他不由自主地发出感叹：这古迹罗列、帆影如云的泇口镇呀，真是名副其实的太平佳丽地！

注

①糈（xǔ）：指在流水线上被逐次分拣的米。

②河渍（fén）：指河边，水边。

清江闸

清 | 吴伟业

岸束穿流怒，帆迟几日程。
石高三板浸，鼓急万夫争。
善事监河吏，愁逢横海兵。
我非名利客，岁晚肃宵征。

清江闸，又称清江大闸，位于淮安市区里运河航道上。清江闸为明永乐十三年，平江伯陈瑄疏凿清江浦河时所建，距今已有六百余年历史。

清江闸当年主要用于控制里运河流量和调节水位，以缓解湍急的河水，使漕运船只安全通过。这里是明清时期漕粮转运的咽喉要道，每当运粮季节，万艘漕船绵亘数里，蔚为壮观。清代诗人吴伟业，多次乘船往来淮上，将看到的景象及过闸的遭遇和感受，都记录在了自己的诗歌中。

每次船过清江闸的时候，他都能看到湍急的水流被大闸两边的石壁束缚着，发出震天的怒吼。而闸塘两岸的岩壁石板全都被汹涌的水流撞击浸泡着，那水流冲撞闸塘岩壁石板的声音，犹如千军万马的厮

清江大闸口风光

杀声，激荡在人们的耳膜和胸腔中。经过如此凶险的大闸，往往会耽搁几天的水上路程。运气好的时候，能遇见通情达理的管闸官员，最害怕的是碰上那些横行霸道、故意刁难，并暗中索要好处的漕兵。不过这一切和他并无多大关系，他也不是那些追名逐利的人，只是个日夜兼程赶路的过客。

（资料参考《淮安市水文化遗产名录》）

泊河桥

清 | 施闰章

人声喧夕岸，舟子报河桥。
残暑乱萤火，凉风归柳条。
市荒全罢柝[1]，夜警数遗桡。
渐觉秋光逼，明河出绛霄。

常州运河

施闰章是清初文学史上享有盛誉的一位诗人，位列“清初六家”和“海内八大家”之中。他一生无意仕途，却游历了祖国的大部分山川江河，了解民间百姓疾苦，以诗反映百姓的生活状况。这首诗是他途经常州时看到运河岸的夜景所作。

运河是常州的母亲河，自春秋吴王夫差为北上争霸中原开挖运河，到隋朝南北大运河全线开通，常州城因运河而通而兴而优，是古代“三吴襟带之邦，百越舟车之会”的交通枢纽。自运河建成的2500多年来，常州人依河筑城、临水而居，形成了常州城水相依、人水相亲的格局。作为古代南北交通“高速路”的运河，曾吸引了无数文人雅士为之吟诵唱和，而施闰章只是其中一位。

那天夕阳西下的傍晚时分，他乘坐的船在人声喧嚣的运河岸边停靠下来，随后船家向他通报了附近河桥的名称。晚上歇住下来，漫步运河岸边，只见萤火虫在渐渐退却的暑气中穿梭飞舞，清凉的风吹拂过柳条，送来阵阵凉意。市井街巷中的打更声全都停止了，巡夜的人悠闲下来数着停泊在岸边的船。河岸边的凉意让人感觉到，秋天在渐渐逼近，秋光中可以看到出现在天边的银河了。

注

①柝（tuò）：古代打更用的梆子。

江行

清 | 倪长犀

水宿江寒重，江行爱日暄。
野花闲点岸，密树远遮村。
樯杪栖轻燕，波心坐老鼋[1]。
儿童纷笑乐，欹侧语声喧。

《江行》意境图

这首诗写的是诗人晚宿江边时的所见所感。

那该是一个霜寒露重的初春吧。清朝诗人倪长犀在天色将晚的时候，寄宿到了江边旅店。初春傍晚的江面上，不时掠过阵阵腥寒的江风，使人感受到丝丝凉意。他仔细想想，还是喜欢白天江面上的喧嚣热闹：那江上南来北往穿梭的船队，停靠江边小船上的商贩的吆喝声，渐渐淹没在天边的帆影，以及帆影上时而高飞、时而低俯的水鸟……处处显现出春江上的盎然生机。

远眺江岸，天际线边茂密的树林遮挡住了岸边的村落，沿岸江边早开的野花，星星点点地蔓延至远方，点缀装饰着堤岸。江上自由翱翔的野燕无拘无束地栖息在船帆顶梢上，江心洲上远远地还可以看到栖坐着的老鼋，它那悠闲惬意的模样，仿佛自己正身处江上的世外桃源。而在距离江岸一侧不远的地方，不时传来热闹的喧闹声，原来那是江边村的孩子们在嬉戏打闹。他们的嬉笑声传向了江面，同时也传进了江边清寒的旅店中。

注

①老鼋（yuán）：龟鳖类动物。

经秦邮[1]

清 | 倪长犀

落日古秦邮，汀沙晓系舟。
春风吹甓社，寒水上罗浮。
屋背帆尖出，湖心塔影留。
十年昏垫[2]地，青草接邗沟。

高邮湖

我在春天的傍晚经过高邮城，将船停泊在沙岸边。春风吹过甓社湖的时候，薄寒的水面上浮着沙洲小岛。远远望去，可以看见船帆的尖顶飘浮在屋脊背上，湖心倒映着塔影。这个经常遭受水灾的地方啊，如今只能看见邗沟边的青草，连绵不断蔓延至天边了。而高邮之所以会出现这样奇特的情景，皆因它特殊的地理位置。

高邮湖现为平原浅水型湖泊，是淮河的入江水道。大部分的淮河水要通过三河泄入高邮湖，然后经邵伯湖等宣泄入江。其湖水水面以及部分湖底，比运河及里下河地区的地面还高，所以高邮湖又是一座“悬湖”，也才会出现“屋背帆尖出”的景象。

注

①秦邮：系江苏省高邮市的别称，因秦王嬴政于公元前223年在此筑高台、置邮亭而得名。

②昏垫：本意是陷溺。这里指水灾、水患。

（资料参考《高邮县志》）

清水潭决口

清 | 蒲松龄

河水连天天欲湿，平湖万顷琉璃黑。
波山直压帆樯倾，百万强弩射不息。
东南滠滠鱼头生，沧海桑田但顷刻。
岁岁滥没水衡钱，撑突波涛填泽国。
朝廷百计何难哉，唯有平河千古无长才。
谁能负山作长堤，雷吼电掣不能开？
民不竭力，国不竭财，官不苦累吏不催。
蔀屋缓输天子乐，千秋万世不为灾。

清初，苏北淮河下游地区连续25年发生水灾，里运河先后在高邮清水潭决口8次。里下河地区洪水常年淹没大量田地，村庄人丁凋敝，鸡犬不闻。1668年，山东郯城大地震引发高邮地震水灾，蒲松龄目睹了水灾情况及百姓遭受的悲惨困境后，于1671年写下了这首《清水潭决口》。

清水潭决口的时候，正是炎炎夏日，但因为连日多雨，已经多日不见阳光，天、地、人似乎都要发霉了。我随孙知州赶往清水潭的时候，看见被洪水冲垮了家园的百姓，正站在高处凄哀无助地望着我们。但此刻的我们无法顾及灾民。

等我们到达的时候，清水潭周围已是汪洋一片，空气中的湿度似乎可以湮透天空，万顷高邮湖上空笼罩着黑压压的云层。那决口处的波山浪谷，好像即使用百万弓箭手来射击也不会使它平息下去，浪峰席卷之处全都帆倾船沉。远望百姓的田亩家园，早已沧海横流，被水淹没。这年年的水灾泛滥，致使朝廷耗费、投入了无数钱财，但这些钱财也只是填进了水乡泽国，一点收效都没有。要朝廷在众多的计策中拿出一套良好的治水方案真难啊，那么多的名臣谋士中，唯独缺少治水的人才。此刻，有谁能背移一座山来做长堤堵住决口，即便雷打电击也冲不开？如果真能有这样的治水人才的话，那么百姓就能休养生息，国库就能有所盈余，官员们也就不需要那么苦累，税官也不需要急着来催逼税钱了。只有这样，从水灾中安顿下来住着草屋的百姓，才能过上安乐的生活，千秋万世不再遭受水灾，当朝天子也才能与民同乐。

河堤远眺

清 | 蒲松龄

窗外含烟烟似水，湖中凝水水如烟。
滩平细浪移沙岸，日落孤村系客船。
渔艇暮灯犹泛泛，桃花春色自年年。
长河北去帆无数，低进寒空绿连天。

作为山东人的蒲松龄，在三十岁左右，曾应同乡友人孙蕙的邀请，去苏北水乡宝应、高邮做幕宾。康熙十年，孙蕙被朝廷任命为高邮知州，蒲松龄当时的工作是帮助孙蕙整理文案、处理县衙中的事务等。在高邮、宝应期间，蒲松龄对苏北水乡风情留下了美好、深刻的印象。

在没有水灾的日子里，远眺运河的水乡风光是多么赏心悦目的事啊。每到春天的时候，无论从湖边的哪扇窗子望出去，外面的湖面上似乎总笼着一层如梦如烟的水汽，这水汽有时凝如烟，有时凝如雨滴，玉润珠圆般落在水面上、柳叶间。等到日落远村的傍晚时分，河滩上的微波细浪，就会一层层轻柔地推移着沙岸，岸边的大树上则系着远来的客船。暮色降临时，渔船上的鱼灯会逐一亮起，水乡则依旧是桃

运河夕照

花紫李慰春风的一派祥和景象。这时候再次远眺北去的运河，但见河面上渔火点点，帆樯无数，它们迤逦地消逝于薄寒的天空下，让人感觉一切景物变得越来越低矮，最终融进了绿色天际中。

晚经淮阴

清｜康熙

淮水笼烟夜色横，栖鸦不定树头鸣。
红灯十里帆樯满，风送前舟奏乐声。

淮安清江浦夜景

康熙在位期间，从 1684 年至 1707 年的二十三年间，曾六次南巡，主要巡视了黄河、淮河、运河等工程，同时安抚民心，促进农业生产。

他第一次南巡来到淮阴的时候，正是夜色笼罩下的淮水轻笼水烟人约月下的时分。舟船所到处，偶尔会惊起栖息在树头的乌鸦发出几声鸣叫，那运河之上绵延数十里的帆樯、桅杆上悬挂满了红灯酒旗，清风中不时传来前方船上的阵阵奏乐声，令人陶醉享受。看着淮阴夜色下的这一派繁华祥和，他一时好像忘了自己此行的目的。

但他终究是心系黎民的一代明君，来淮阴后不久，便投入了对黄、淮、运水系的考察调研和治理工作。黄、淮、运交汇处及洪泽湖一带是他考察的重点。他在巡视时，经常不辞辛苦，亲临实地调查，亲自测量水位，与大臣们共同商讨治水方略。他对黄河、运河的治理有一定贡献，是历史上重视水利、精通水利的一代帝王。

（资料参考《淮阴市水利志》）

高邮湖见居民田庐多在水中，因询其故，恻然念之

清 | 康熙

淮扬罹[1]水灾，流波常浩浩。

龙舰偶经过，一望类洲岛。

田亩尽沉沦，舍庐半倾倒。

茕茕赤子民，栖栖卧深潦。

对之心惕然，无策施襁褓。

夹岸罗黔黎[2]，跽[3]陈进耆老。

咨诹不厌频，利弊细探讨。

饥寒或有由，良惭奉苍颢。

古人念一夫，何况睹枯槁。

凛凛夜不寐，忧勤怒[4]如捣。

亟图浚治功，拯济须及早。

会当复故业，咸令乐怀保。

康熙帝从政六十余年，曾六次南巡。1684 年，当他第一次南巡路过高邮湖时，见两岸农田被水淹没，十分震惊。他在当晚的日记式诗歌中写道：

从京城一路巡视过来，淮扬两地遭遇水灾最为严重。今天我的龙舟偶然经过高邮一带，只见很多人家墙倒屋塌，到处如同水洲海岛。良田沉淹水下，百姓的房屋至少倒了一大半。贫困饥饿的百姓们无家可归，只能饥寒交迫地露宿在大水中。看着这一切，我感到惶恐焦虑，一时想不出好办法来帮助这些贫困的人们。此刻站在岸边的百姓们都在期待着救援，我得尽快找当地的乡绅官员们，不厌其烦地和他们仔细商量、探讨解除水灾的对策。作为皇帝，如果总是让我的百姓忍受饥寒，或者有田无法耕种，我真是无颜以对苍天。古代的贤君，即便看到有一个老百姓遭难，都会日夜牵挂，何况我现在看到的是满目枯槁的景象呢。所以现在的我是夜夜不能入睡，心中的忧思伤痛和不安犹如骨鲠在喉，备受折磨。治理水患拯救灾民的事，要好好谋划解决，刻不容缓。只有尽早让洪水归槽，良田恢复到以前可以耕种的样子，百姓们才能全都安居乐业，我也才能心安理得地享受与民同乐的乐趣。

注

①罹（lí）：遭遇苦难或不幸。

②黔黎：老百姓。

③跽（jì）：长跪，挺直上身两膝着地。

④惄（nì）：忧郁、伤痛的样子。

海陵归棹①

清 | 闵鹏

江城离一月，今始命归舟。
月暗疏星度，更残远树幽。
水声凝骤雨，风色似清秋。
夜话浑忘寐，邻鸡唱渡头。

海陵归棹意境图

我离开江城已经一个月了，现在终于可以回去了。

此刻乘船归去，行驶在这夜色中的江面上，只见月暗星稀，远处的树影迷蒙，愈发显得夜色幽静。可是不知什么时候忽然下起了急雨，江面上船桨划水的声音夹杂着骤雨，江风送过来一阵阵凉爽之气，让人感觉到了秋天的清凉。这样舒爽的夜晚真是令人不忍辜负，所以我和船家闲话家常忘记了睡觉。两个人聊天一直到对岸渡口，这时已经鸡叫头遍，快天亮了。

泰州海陵区地处长江水系与淮河（里下河）水系的交汇处，境内河流纵横，水网密布，有“四分地一分水”之说，充满了江风水韵的独特魅力。

注

①棹（zhào）：划船的一种工具，形状和船桨差不多。

春阅高堰[1]工有作

清 | 乾隆

皇考重河防，神谟定庙堂。
帑金颁太府，高堰卫维扬。
济运南输北，安流清汇黄。
申咨惟善守，千载固苞桑。

乾隆皇帝六下江南的历史，被今人演绎成诸多的影视剧搬上荧屏，其故事的真实性有待查证。但只要翻开水利史资料就会发现，乾隆皇帝六次南巡，其间多次亲临洪泽湖大堤，视察河防，现场决定治河方案，对水利的贡献却是不容置疑、彪炳史册的。

时光如曾经倒灌洪泽湖的黄河水，穿越回公元 1751 年的春天，洪泽湖高家堰大堤上，迎来了一位正值盛年、华盖罩顶的男子。他的身后除了一行随从，还有几位大清治理河务的重臣，其中一人手里还拿着河防图。

这位男子正是和康熙帝前后开启了大清“康乾盛世”的乾隆皇帝。那天是他效仿皇爷爷康熙，第一次南巡途经淮安府，考察高家堰。一路乘船行来，他一边迎着洪泽湖的料峭春风，浏览着大湖风光，一边和臣子们讨论着先祖们的治河方略。此刻，他站在高家堰一处视野开阔的水边高坡上，不断向那几位大臣询问着洪泽湖的情况。等听他们汇报完洪泽湖周边的水系情况，以及历年发生的水灾情况后，他深有感触地对身边人说："我的先祖一直以来都很重视河防工程，为了江山社稷稳定，我的先祖们制订了许多高明神奇的治水方案，并从国库中拨付了大量钱财给淮安府，用于高家堰的修筑，以保护扬州地区的安全。现在洪泽湖水既可以接济南北运河，保证漕运的畅通，又可以调节黄、淮汇流处的河段，使之常年保持水位安稳平和。朝廷中呈上来的河务报告，希望能够长此以往保持下去，以千秋万载稳固大清的江山社稷。"

自古淮扬民间就有"倒了高家堰，淮、扬两府不见面"的说法，充分说明了高家堰大堤对保护淮安和扬州的重要性。公元 1751 年至 1784 年，乾隆皇帝先后六次南巡，其中第一次（1751 年）、第四次（1765 年）、第六次（1784 年）途经淮安府，考察高家堰，拜祭河神，确定治河方略，拨付工程经费，并三次赋诗，为巩固高家堰大堤夯实了基础。

注

①高堰：代指洪泽湖大堤（即高家堰）。另据明代史料记载，指今江苏省淮安市淮阴区原高堰村（后高堰村被撤销）附近的一段淮河堤防。高家堰是洪泽湖的东岸堤防，至今已有近两千年的历史，是苏北防御淮河洪水的第一屏障，有"水上长城"之称。

（资料参考张含英《明清治河概论》）

乙酉暮春月中澥阅接筑高堰堤工诗以纪事

清 | 乾隆

一律砖工运口连，崇墉[1]凭阅实牢坚。

蒇功[2]即在廻[3]巡后，防患要于未事前。

平日原常见渚出，汛时云每到堤边。

虽然清口筹疏瀹[4]，南望夏秋心总悬。

乾隆皇帝在第四次南巡的乙酉年（1765 年），再次接到洪泽湖高家堰大堤加固改造完工的奏疏。那天他阅览完河道总督上报的奏疏，回想起自己前几次巡视洪泽湖大堤高家堰段时看到的情形，略感欣慰，然后信手写下了这首类似日记体的诗。

仔细想来，运口段的大堤全都是用砖头砌成的，站在高大的城墙上凭栏远望，感觉真是固若金汤，但即便如此，希望河道和大堤的管理者们，在工程结束后还要经常查勘、巡视，防患于未然才好，千万不能掉以轻心。寻常的日子，还能看到湖中小岛小洲露出水面，而每到汛期的时候就会看到低低的云层，似乎要堆压到大堤上一样。清口枢纽那个地方是黄、淮、运等各路来水汇合的地方，也是保证运河漕运畅通的关键所在，虽然已经过周密地谋划、疏导，但每到夏天汛期和秋天收获的时候，我在京城总还是担惊受怕，不断关注着南方的情况，一颗心好像总悬在半空。所以啊，希望河道和大堤的管理人员，在汛期和秋收的时候一定要注意保护大堤的安全！

那天他写诗时，头脑中不时浮现出洪泽湖水灾的情景。诗写好后，他似乎还有点心有余悸。最终他决定此次南巡的时候，再去洪泽湖大堤上考察、巡视一番。

乾隆在中国历史上一直以勤政爱民的明君形象出现，这在很大程度上来自他对水利的治理。他曾在《南巡记》中称："六巡江浙，计民生之要，莫如河工堤防，必亲临阅视。"六次南巡中，他五次视察了黄河、淮河、运河交汇处的苏北地区。为了降低洪泽湖水位，他还制定了治水史上著名的"抽薪之计"（所谓抽薪，就是修订水情，调度水则，使淮水入江以减轻对扬州的压力），为里下河赢得了二十多年免遭水患的黄金时期。

注

①崇墉：高大的城墙。

②蒇（chǎn）功：工程结束。

③廻：同"回"。

④疏瀹（yuè）：疏浚、疏通河道。

（资料参考张春平《乾隆帝：治水仍为养民道》）

水阁看夜船灯火

清 | 赵翼

白云渡口水明楼，看尽城中夜舫游。

灯火顿成星海沸，亭台都在月宫浮。

三更歌管犹呼酒，两岸帘栊不下钩。

赢得老夫凭槛坐，听人错唤作遨头[1]。

清代常州的白云渡口，是常州人每年五月初一开始，举行龙舟竞渡的地方，这一民俗活动往往要持续一个月。而常州的白云溪，是常州"出产"文化大家的地方，这里的民俗活动"云溪竞渡"，更是常州人引以为傲的民间狂欢节。

常州的文化大家赵翼，闲来无事的时候常常会沿运河边浏览风光，怡情养性。这天或许是刚刚看完龙舟比赛，他一时觉得意犹未尽，便信步登上了白云渡口一个叫水明楼的酒楼，打算欣赏一下渡口的夜景再回去。

他上了酒楼，挑了一个靠窗的地方坐下。这个地方居高临下，一眼就可以看尽游弋在白云溪上的画舫。天色已晚，白云溪周围的灯火渐次亮了起来，那些璀璨的灯火洒落在溪中和岸边，仿佛天上的星海

常州运河龙舟

沸腾着坠落在了人间，而溪边的亭台楼阁，恍惚中全都像漂浮在月宫中。大概已过午夜了吧，酒楼上的顾客还在招呼酒家的伙计上酒上菜，溪边两岸居民的窗帘也迟迟不拉上，估计大家还都沉浸在白天赛龙舟的兴奋中。他被酒楼周围祥和、兴奋的气氛感染着、吸引着，很想多溜达一会看看热闹，却总会被身旁喝酒游戏的人们认错，以为他也是和他们一起玩游戏的人。

注

①遨头：宋代以后，每逢正月至四月太守出游踏青时，围观的士子淑女称太守为“遨头”。

六塘河

清 | 管干贞

一水同沂沭，清秋浪自粗。
随潮青入海，过雨白连湖。
草色临河断，帆痕出口无。
节宣[1]成法在，千里足回枯。

六塘河

总六塘河，又名拦马河、北盐河等，源于骆马湖，地跨宿迁和淮安两市，是淮沭河以西防洪、灌溉和通航的骨干河道。按地理位置划分，淮沭河以西为总六塘河；淮沭河以东，南为南六塘河，北为北六塘河。总六塘河经宿豫、泗阳、淮阴入淮沭河。南北六塘河蜿蜒向东经淮安、盐城，最终汇入东海。它原是骆马湖重要的泄洪河道。1680年，清朝河道总督靳辅在明代开挖的拦马河上建了六个水坝，筑埝成塘，故得名六塘河。

这首诗的作者管干贞，曾担任清朝的漕运总督。此诗反映了他对水利治理和管理的强烈责任心和使命感。

六塘河原是排泄沂泗洪水的一条河，每到秋天的时候，波浪就会变得粗宽。浪潮最终随着蓝天的青色，迤逦归入大海，雨后的骆马湖上往往是白色水汽和水雾连成一片。连天的碧色芳草，在临近河岸的地方被水截断，船帆的影子消失在六塘河口处。虽说与治水相关的法律法规等早就制定好了，但管干贞作为一方的治水官员，并未害怕辛苦劳顿，骑马沿着六塘河走了近千里路，巡视、考察了很多地方的水情。之所以这样做，只是为了更好地治理六塘河，使百姓安居乐业。

中华人民共和国成立后，国家对六塘河进行了大规模整治，使六塘河面貌焕然一新，现已成为国家级水利风景区。

注

①节宣：节制、宣泄。

（资料参考《宿迁水利志》）

大水行（节选）

清 | 邹熊

呜呼噫嘻！昭关坝开，急湍趋下如奔雷。

岸界之而破裂，垣触之而排豗[1]，

下游之民何辜而罹此灾！

天色惨淡云气黑，暴雨助威水势急。

气腥似毒龙嘘吸，禾黍汩没鱼虾得。

万井一齐空，平原成大泽。

奔流入海海不容，潮涨十丈当其冲。

欲泄不得泄，横行千里中。

……

西北地卑老弱死，高树攀援少壮生。

破家浮棺乱尸集，新鬼故鬼相间鸣。

……

七日水退，饥莫能兴。

灶有湿薪釜无粟，千家万家同一哭。

清朝嘉庆十年（1805年）和嘉庆十一年（1806年），淮河发大水，泰州连续两年遭受水灾。当时官府开启了里运河上的归海五坝，将里下河地区变成了行洪区，水淹下河，致使百姓食无粮，居无房，多流离失所。《大水行》以惨烈形象的笔触，描写了洪水来临时对自然界的破坏力，以及百姓遭受的惨剧。

那天大水来临，昭关坝被冲开时的声响如同奔雷怒吼，令人害怕到了极点！那时站在高处看，只见浊浪排空冲破了河岸城墙，冲毁了无数百姓的房屋家园，下游的百姓为何会遭受如此的天灾啊！乌云密布，天色惨淡，水流湍急，漫天弥漫的腥气如同毒龙的呼吸，庄稼被淹鱼虾现，平原地区成了汪洋大海。肆虐横行的大水啊，无处可泄，在平原上席卷千里……那时，西北地势低洼地区的老人和孩子被淹死无数，青壮年多数爬上了大树逃命。而墓地里则是乱尸横陈，棺木浮沉，那样的人间惨剧啊，真是让人心酸悲恸……七天以后，大水退去，百姓全都饿得说不出话。家里的锅灶间全是湿柴，米缸里没有一粒米，到处是哭声一片。真不知如此惨烈的水灾，何时才能治理好！

注

①豗（huī）：撞击的意思。

[资料参考《（道光）泰州志》]

避水词

清 | 夏宝晋

一夜飞符开五坝，朝来屋上已牵船。
田舍飘沉已可哀，中流往往见残骸。

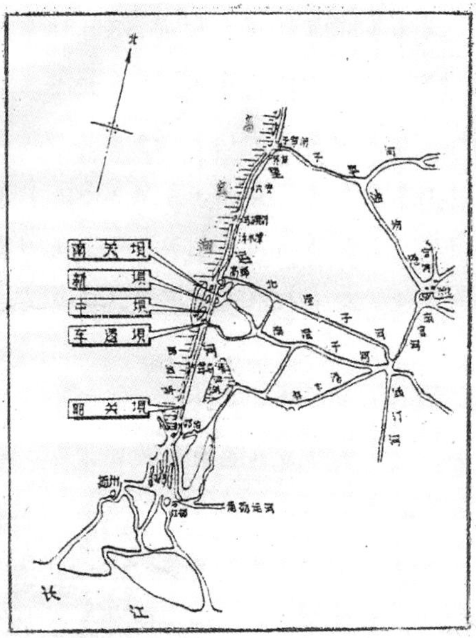

归海五坝位置图

里运河历史上的水患主要来自黄河全面夺淮后的明、清两代。明代的196年间，有28年运堤决口；清代的253年中，有39年决口。清代在运河堤上建的归海五坝，平均每三年就要开一次。1851年，黄河、淮河同时发生大水，洪泽湖南端蒋坝附近大堤决口，洪水经高邮、宝应洼地和芒稻河，在三江营入江，形成淮河入江水道雏形。《避水词》真实生动地描绘了开坝时百姓避水不及，遭遇洪灾的悲惨情形。

那次开坝的时候，我在早晨醒来后发现，仿佛有人一夜之间发出了紧急通知，运河大堤上的归海五坝全都打开了，大家能看见的，除了一片汪洋，就是房屋已被大水淹没，屋顶上已经可以行船。时隐时现飘沉在水里的禾田、房屋，已经让人哀痛得欲哭无泪了，更凄惨的是，水流中往往还漂着被淹的人或动物尸体。这样的情形真是令人不忍目睹！

（资料参考徐炳顺《扬州运河》）

常州作

清 | 华长卿

半河画舫人如玉，两岸层楼望若仙。

柳下竹棚啜茶坐，唐家湾口看龙船。

常州赛龙舟

地处“三吴襟带之邦，百越舟车之会”的常州，是吴文化的发源地之一。明清时期，常州依托运河形成的地理优势，成了江南的经济政治中心，为其文化的升华和发展创造了条件。千百年来，常州的民俗民情都与运河息息相关，是运河文化的承载者、体现者。其中之一的民俗活动——龙舟竞渡，就是常州水文化的典型代表。

赛龙舟的民俗在常州由来已久，大约起源于明朝。这项持续近一个月的全民狂欢活动，是常州人对运河感情大迸发的具体表现。

天津诗人华长卿在龙舟比赛期间路过常州。比赛开始前，前来观看比赛的游人画舫就占据了半条运河，抬头仰望河岸两边楼上的人，仿佛都是天上仙人。那天他边走边看，很快在繁华喧嚣的河边街市上走累了，看到河岸边大柳树旁的竹棚下有个茶亭，便走过去坐下来要了一壶茶。然后他一边喝茶，一边向旁边的常州人打听龙舟比赛的趣闻，最后就等着看唐家湾口的龙舟比赛了。

（资料参考《运河常州》）

滁河竹枝词①（十选三）

清 | 汤沐

老鹤墩前春涨多，吴王城下水增波。
盈盈一派来何处，半是滁河半皂河。

夕阳冶浦涨秋迟，古渡龙津月上时。
收缆渔舟原不远，侍婆墩畔女郎祠。

春尽垂杨树树烟，澄江门外水平田。
城南昨日开花市，江上新来茉莉船。

滁河，系长江下游主要支流之一，古名涂水，唐代改为滁河，是六合的母亲河。数千年来，滁河两岸的百姓依水而居，在太平的年代里，过着宁静而悠闲的生活。《滁河竹枝词》，是清代诗人汤沐描写的一组（十首）关于滁河两岸风光和农家风情的诗作，本书选了其中三首。

作为生活在滁河边的人，每当春天来临的时候，都会看到老鹤墩和吴王城下的河水自动涨起来，为天地间的万物生灵带来一片生机。

滁河意境

你要问这丰盈盎然的生机来自何处，它们一半来自滁河，一半来自皂河。如果你是在秋日的黄昏来滁河边，就能看到夕阳如同熔冶的黄金铺洒在河面，而当夜幕降临时，常常能看到龙津古渡口银光浩渺、清月当空的怡人之景。月下侍婆墩的女郎祠前，常常会拴着一叶不知谁家用缆绳系着的小舟。如果你是个爱茉莉的女子，那么最好在春尽柳老的时候来六合。这时候来，你常常能看到澄澈的滁河上，飘满一艘艘装满茉莉的花船，不断划往新开的城南花市。而这活色生香的一切，全都来自于六合的母亲河——滁河。

注

①竹枝词：一种文人仿民歌创作的诗歌体裁，由古代巴蜀间的民歌演变而来。后唐代诗人刘禹锡在此基础上加工整理，对后世影响很大。

平江伯祠

清 | 丁大来

元勋崇庙祀，历世叹公长。
功业存疏凿，香烟重典章。
水流新日月，人拜旧冠裳。
明德依然是，丹青半夕阳。

明初，统治者将粮赋由元代的以海运为主改为以漕运为主。永乐年间，陈瑄驻节淮安，总理漕运，为避开淮河山阳湾风涛之险，以便航运，于永乐十三年（1415年）循宋代乔维岳所开沙河故道，导水由淮安城西管家湖至鸭陈口入淮，命名为清江浦河（今市区里运河）。新运河上建新庄、福兴、清江、遗风、板闸等五闸，以利宣泄和调节水位。同时，淮安运河各段的闸坝、堤防等工程基础，也大都由陈瑄奠定。

明成祖即位后，陈瑄因在淮期间总督漕运等治水功绩显赫，被封为平江伯。他去世后，淮安人立平江伯祠以祭之。清代诗人丁大来在参观、拜谒完他的祠堂后，怀着十分崇敬的心情写下了这首诗。

平江伯陈瑄治水的丰功伟绩，历来受到人们的赞颂，为此人们立庙祭祀他。陈瑄的功劳和业绩，全都来自对河流严格的规划管理及疏通凿引。无论岁月如何更替变化，随水流逝，他的祠堂中总是香火缭绕。而这一切皆是因为人们看重他为保护河流而制定的各种严格的法令制度。现在人们依旧去拜谒他，对着他夕阳映照下的丹青画像，纪念他如日月一样美好的德行。

（资料参考《淮阴市水利志》）

筑堤苦

清 | 陶澄

筑堤苦，五日筑成三丈土，束薪为揵土为辅。
千人畚锸百人杵，半日长饥力几许。
努力向前各俯偻，不尔恐遭上官怒。
昨宵并筑临河洲，纷纷筑者当前头。
须臾再决不可收，饥魄弱魂沉中流。
沉中流，筑堤苦，新堤不成还责汝。
我心忧伤泪如雨！

江苏里下河平原介于两条河道之间，其地势演变至今，变成了四周高、中间低的“锅底洼”地区。历史上里下河地区水灾频繁，挑河疏浚和修坝筑堤等兴修水利工程的事情经常发生。陶澄作为一位生活在里下河地区的布衣诗人，想必曾亲自参加过筑堤劳动。而这篇短文，或许就是他在某天筑堤归来后记录下的痛切感受。

筑河堤啊很艰苦，五天只能筑成三丈土，将收集来的竹草柴草打成捆，作为堵决河口的主要材料，泥土是作为辅助的。成百上千的挑

筑堤剪影

河民工在挖土、运土、夯土，却多数都是吃不饱饭，饥肠辘辘得没多少力气。但即便如此，还要低头弯腰强撑着身体拼命劳动，不然就会遭到官差的怒骂。昨天在临河洲，筑堤的人们全都挡在堤坝口的前面，准备堵挡决口。但是不过眨眼的工夫，决开的口堤便崩塌得无法控制了，那些饥肠辘辘、体弱多病的河工们便被大水洪流卷得无影无踪了。这无情的大水洪流啊，你可看到筑堤人的凄苦？如果新的大堤还筑不成，大家就依旧要被责罚。此情此景真是让人泪如雨下！

运河①

清 | 张曾勤

水势滔滔注运河，时更三伏岸平波。
人居釜底浑忘险，帆影常看屋上过。

高邮段运河

这首诗中的运河，是指江苏省里下河段的运河。里下河地区位于江苏省中部，西起里运河，东至串场河，南抵新通扬运河，北达苏北灌溉总渠，属江苏沿海江滩湖洼平原的一部分。里下河地区因地势异常低平，且四周高、中间低，形状如锅底，所以常被人们形象地称为“锅底洼”地区。

此诗作者张曾勤是高邮人。高邮是里下河地区一座历史悠久的古城，作为高邮人的宋词大家秦少游，曾以诗描写高邮湖“高邮西北多巨湖，累累相连如贯珠”，说明城西的高邮湖是由多个湖泊组合而成。

高邮湖是江苏第三大淡水湖，因水位高于运河而被称为悬湖。历史上盛涨的高邮湖水常会冲决里运河堤防，给里下河人民带来灾难。但风平浪静的日子，高邮诗人张曾勤又常常会看到另外一番景象。

作为生活在高邮的人，每逢夏季就会看到滔滔不绝的高邮湖水上涨，涨势迅猛的湖水会气势汹涌地注入运河，一直到三伏天的时候，波浪才会趋于平静。而居住在“锅底洼”一带的水乡百姓，却常忘记自己身处的险境，反而会经常悠闲地看着远方的帆影，从屋顶上飘逝而去。

注

①运河：这里指高邮段运河。

扬子江救生船歌（节选）

清 | 陈荣杰

湿云黯黯天四周，罔象悲泣天吴愁。
塔势如涌出，沙岸成浮沤。
大江横万里，巨浪吼千牛。
中有一船欲渡不得渡，浮沈灭没当中流。
偃复起，风来矣。
忽见船头忽船尾，颠覆只在俄顷耳。
眉睫之间判生死。
九阍[1]无迹叫不闻，不道残生竟如此。

镇江的西津渡，由于地处交通和军事的特殊位置，在宋代就创建了救生会。到清康熙三十一年（1692年），建成了带有慈善性质的水上安全救助机构，专门负责义务打捞沉船和救生，成为现代救生的起源。这首诗便是我（诗人）在一次渡江时遭遇险情，后被救生会船员安全救助后所作。

西津渡

那是秋高风急的一天，我登上了渡江的船。上船以后，但见滚滚长江涌起一波又一波排山倒海的浪涛，风声、江水声仿佛战鼓擂响在我们耳边。我惊恐地看着周围的一切，不知道渡船是否能安全渡过江去。

船到江中，只见江天上乌云密布，云层黯淡，似乎江中的水怪和水神都在哭泣。那江中的浪头涌起来高如宝塔，沙岸上浮着的全是江水泡沫。这苍茫万里的大江之上，似乎有上千头水牛在怒吼。我们的渡船啊，想渡渡不过去，在风浪中起伏颠簸。江涛起伏处，只能一会儿看见船头，一会儿看见船尾，那情形，仿佛船只瞬间就要沉没。渡船上的旅客啊，生死似乎就在眉头的一皱一松之间。大家叫天天不应，叫地地不灵，濒临绝望的境地，不知道生命是否会在此结束。

注

①九阍（hūn）：指九天之门，也作九天。

挑河

清 | 张山

河务工乍兴，农闲值岁晏。
何因疏浚勤，涨淤碍漕转。
圣世不妨农，乐为官长遣。
畚插齐万夫，努力各相勔[1]。
况复天久晴，天寒侵足跣。
尺寸须恪遵，功成方期善。
风餐早自安，露宿讵能免。
明晨大尹来，牛酒还劳勉。

镇江丹徒段的江南运河，每年都要在年底农闲之时组织农民来挑河工。为何要对这段运河经常疏浚、深挖呢，主要是为了避免它“涨淤”，影响漕运。

农民们在太平盛世的农闲季节，多数是愿意被长官派遣去挑河工的。他们上万人在挑河的工地上冒着严寒，光着脚下河挖淤泥，互相鼓劲激励着。那畚箕和柳条筐在上万人的肩上被抬着、挑着，铁锹在

古代挑河场景

上万人的手中挥舞着，虽然天气寒冷，但挑河工的场面却热火朝天。农民们在挑河的工地上，只有严格按照技术人员要求的尺寸开挖，才能圆满完成挑河任务。你们大家啊，只要不怕风餐露宿，努力劳作，到时候县大老爷一定会用牛肉和美酒来慰劳、奖励大家的。

此诗展现了清代中后期农民被征发疏浚漕河的情景，反映了农民在发展漕运方面所做的重要贡献，同时也说明了地方官员对疏浚漕河的重视。

注

①勔：古同“勉”。

海陵竹枝词

清 | 赵瑜

穿城不足三里远，绕廓居然一水通。
暇日娱情容易尽，平时访古妙难穷。

泰州凤城河

位于江淮海交汇之地的古海陵，是一座具有五千多年文明史的古城，素以风物钟灵毓秀，文化繁荣昌盛著称。水文化是这座城市的文化之源，古海陵就是受水的滋哺，其内河水系格局由大自然和人工整治河流结合而形成。

晚清泰州诗人赵瑜，对家乡的水文化生活热爱而迷恋，经常在闲暇的时候去城外寻访名胜古迹。这一天他闲来无事，又悠悠荡荡出了城。泰州城被水环绕，他出城步行不到三里远，便看到一条河围绕城墙而过。在这样水韵天成的美景中，如果仅仅在附近或室内做些娱乐活动多无趣啊，只有经常去江天海景中访古探幽，追寻挖掘古代文化人的风雅趣事才是奇妙无比的事。

泰州自古名贤辈出，各领风骚，引得官宦名流荟萃居留，更有释道二教于此兼容，少有战火相侵，所以在此寻古探幽是妙不可言的事。

浒通港

清末民初 | 张謇

襟带通常熟，风烟接太仓。
潮痕江岸白，云气海门黄。
辟网鸰飞急，怜巢燕语长。
乱流明日渡，霄梦已苍茫。

南通江边

南通港区东濒黄海,西南临长江,是海轮进入长江的第一个港口,处于江、海、河联运的枢纽地位。同时南通也是我国对外开放的沿海港口城市之一。长江南通段江面开阔,水势和缓,具有发展造船、修船的良好条件,现已成为我国重要的修船基地。早在民国初年,为发展南通地方实业,张謇就在长江岸边兴建了一些设施较为齐备、并有一定规模的港口码头。这是张謇写于清同治十三年(1874年)的一首诗。彼时未获功名、未入仕途的张謇,对个人和国家前途甚感迷茫。

浒通港这个地方如襟似带地连通着常熟,烟水苍茫处是太仓。江岸发白的地方是潮水退却的痕迹,云气氤氲缭绕处,水色发黄的地方是长江和黄海交汇处的海门。江岸上远离渔网的地方,水鸰鸟在急速飞驰,恋巢的燕子却在唧唧私语。这渡口的江流显得如此纷乱湍急,而诗人那些救国救民的梦想也愈发显得飘渺迷茫。

江堤曲

清末民初 | 张謇

江流一曲一层堤，堤下青沙间赤泥。
野桃历乱亦能好，趁着东风飞满蹊。
南村树多北村少，东家花白西家红。
桃年抵得麦禾贵，果熟花完只怕风。

南通位于长江三角洲北翼，古称通州。其“据江海之会，扼南北之喉”，集“黄金海岸”与“黄金水道”优势于一身，被誉为“北上海”。出生于南通海门农家的张謇，自幼受家庭影响，形成了务实精神。这使得他在无形中弃虚就实，走向了实业救国的道路。担任过北洋政府水利总长的张謇，致力于实业救国的同时，在导淮治水方面也做出了突出贡献。

南通濠河 · 秋水

那是民国十二年（1923年）四月的一天，春暖花开。已是古稀之年的张謇，在江堤上放眼远眺家乡春景，但见江水一层一层漫过江堤，拍击着江岸，江堤下的青沙间夹杂着红泥。野外的桃花被春风吹向四面八方，凌乱地飘落在江边的田间小径上。南边村子的桃树比北村的多，东边人家开的是白花，西边人家开的是红花。等到桃子成熟的季节，这些果子的价钱比稻麦的价钱都高，只是花落果熟的时候最怕大风吹。

后　记

在江苏省水利厅副厅长张劲松指导下，江苏省水利信息中心组织了丛书的编纂工作。其中，《水利瑰宝》《水利名贤》分册由干有成、孙文昀执笔，《水与诗词》分册由陶珊执笔完成初稿。尉天骄、陶涛、蔡效凯、徐炳顺、王凯等专家分别审核相关分册，对丛书的内容、表述等进行了认真研读和把关。本书在编写中还参考了江苏省水文化遗产调查的初步成果及其他水文化专著。

作为全省首套水文化知识普及与解读读本，为提高可读性，丛书力求通俗易懂、深入浅出，在大量文献资料与考古调查报告的基础上进行了简化改写。首次出版选择了便于携带的小开本，并配以大量图表插画，使其不仅具有工具书的参考性，也具有通俗读物的可读性。此外，以全彩精美的装帧和排版给人以审美享受，让人在阅读的休闲活动中，潜移默化感受江苏水文化的独特韵味。

习近平总书记在中央城镇化工作会议上提出，要让城市乡村“看得见山，望得见水，留得住乡愁”。水是江苏的文脉，江苏的地域文化首先是水文化，江苏的乡愁记忆需要水文化的深入挖掘与持续建设。丛书凝聚了江苏水文化工作者、传承者的智慧与心血，希望读者朋友们能够喜欢这套书。通过阅读一个个水故事，对身边看似平凡的江河湖泊与水工程有新的认识，让治水先贤的理念与优美诗词的意象叠入对现代水利的观照中，共同珍惜我们的河湖，建设人水和谐美丽家园。

由于编写时间紧、涉及面广，本书不足之处在所难免。欢迎读者批评指正。

本书编委会

2018 年 4 月